Aníbal J. Rosario

Nilda Rosario Planas

Primera publicación en 2014 por Colectivo

ATLAS CENTRI Ponce, PR

atlascentri.pr@gmail.com

Hecho en Puerto Rico.

ISBN 978-0-615-97093-6

Atlas Centri

Sobre Comienzos Fortuitos

A nuestra querida madre... por ser guía, apoyo, ejemplo; también editora pro bono.

"La mismísima esencia de la aventura es la incertidumbre..." - Oscar Wilde

Manifesto Atlas Centri

Por A.J.R. Planas y Nilda Rosario Planas

Basado en las visiones fantásticas de autores de la época Victoriana como Julio Verne y H.G. Wells, autores del siglo XX comenzaron a darle forma a una visión del mundo retro futurista en la ciencia ficción. Autores como Michael Moorcock y Ronald W. Clark, por mencionar dos, revivieron esas visiones que habían tenido Wells y Verne, aunque nunca habían desaparecido del todo. Pero fueron tres autores de San Francisco, California quienes tomaron las influencias de estos y otros autores para desarrollar oficialmente un subgénero literario al cual llamaron Steampunk. James P. Blaylock, K.W. Jeter y Tim Powers dieron nombre a este modo particular de presentar una ciencia ficción casi opuesta al Cyberpunk y en respuesta al mismo. Mientras el Cyberpunk, sumamente popular en ese momento, realizaba teorías sobre la tecnología del futuro y como la misma podría afectar la civilización, el Steampunk miraba a un pasado con mayor tecnología que la cual realmente existió y como esta hubiese impactado no solo a la civilización de esa época antigua, sino también los posibles efectos en nuestro presente.

Los autores Steampunk tomaron principalmente las épocas Victoriana (finales del siglo XIX) y Eduardiana (comienzos del siglo XX) y la utilizaron como el punto de referencia. Muchas de las historias se llevaban a cabo en una Inglaterra ficticia, pero muy similar a la Inglaterra de esos tiempos, solo con mayores avances tecnológicos tales como autómatas con grandes destrezas y dirigibles que sobrevolaban los cielos. Otras historias se llevaban a cabo en lugares inspirados por el medio oeste Americano o en lugares fantásticos, exóticos y, en ocasiones, completamente ficticios.

El Steampunk en la literatura se preguntaba: ¿Y qué tal si los sueños no realizados y teorías sin comprobar de los grandes inventores, tanto históricos como ficticios, se hubiesen logrado? ¿Qué tal si los logros por venir en los próximos 30 a 50 años se hubiesen obtenido unas décadas antes? ¿Qué tal si el futuro hubiese llegado unos momentos antes, en una época que de por sí ya había logrado increíbles avances tecnológicos? Esto era una visión muy positiva, más aún enmarcada en una época de cultura, donde los grandes pensadores eran también artistas, donde destacaban el romance y la aventura, donde ser un caballero o una dama educado era visto como la norma y no la excepción. El Steampunk, en la mayoría de los casos presenta una civilización casi utópica, amenazada por algún anarquista que, aunque loco, usualmente era un villano de gran inteligencia, cultura y en algunos casos, de muy buenos modales.

A través de los años, la literatura Steampunk ha explorado un sinnúmero de temas, ubicando sus historias en diferentes partes del mundo y llegando tan atrás en el tiempo como la época Renacentista (Clockpunk). Se han realizado historias incluyendo elementos de fantasía. Se han utilizado como ubicaciones no solo a Londres, Marte, el interior del Planeta Tierra y el fondo de sus océanos, sino que se han creado mundos y universos paralelos y mundos fantásticos para proveer interesantes localidades.

Esta interesante estética ha dejado de ser exclusiva del mundo de la literatura de ciencia ficción y ha pasado al mundo virtual de los juegos de computadora, a diferentes comics, películas, series de televisión, música e inclusive, al mundo de la moda y el "cosplay". Para algunos es un pasatiempo, para otros es un estilo de vida.

En el arte plástico, el género steampunk tiene sus mayores exposiciones en el diseño de piezas complementarias usadas en la moda, la joyería, entre otras. Se manifiesta además en el diseño gráfico para comics y novelas gráficas. Otras formas de expresión del steampunk se pueden apreciar en la arquitectura, programas televisivos y películas de cine, así como en videojuegos y fotomontajes.

Muy poco se ha manifestado en medios como el dibujo, la pintura y otros medios de las artes visuales. Mantiene un paralelismo y base con el movimiento surrealista en la creación de sus mundos. El steampunk como arte presenta en sus imágenes tecnologías anacrónicas, o sea, invenciones futuristas desde la perspectiva victoriana. Muestra elementos fantásticos y utópicos. Sus mayores exponentes son Alphonse de Neuville (1870) y en el siglo XX, Albert Robida, cuyos trabajos sirven de pie a las creaciones visuales de Atlas Centri.

El Steampunk en los países de habla hispana es relativamente joven. Aún quedan mundos, historias, personajes y situaciones por crear y descubrir, particularmente en nuestra lengua. El Colectivo Atlas Centri busca crear arte y literatura Steampunk proveniente de Puerto Rico, siendo pioneros en nuestro país en este subgénero de la ciencia ficción. Pretendemos hacer nuestra propia interpretación del Steampunk basada en nuestras experiencias, cultura y creencias. Hemos creado un mundo, Atlas Centri, que tiene su propia historia y sus propias reglas. Veremos muchas similitudes con el mundo actual, pues buscamos explorar las preocupaciones de nuestros tiempos, mientras a la vez abrimos paso a la creatividad en una locación ficticia. Queremos expresar, explorar, crear y hasta educar por medio del arte gráfico y la literatura bajo una estética atractiva que nos presenta lo que podríamos llegar a ser, en un sentido positivo como negativo.

La artista Nilda Rosario Planas y su hermano, el autor A.J.R. Planas le presentan un mundo de creación y expansión tecnológica y cultural, una sociedad en expansión y posible desintegración, un mundo de aventuras, romance, misterio… un mundo el cual apenas han comenzado a explorar y desean que tú explores con ellos.

¿Estás listo para la aventura?

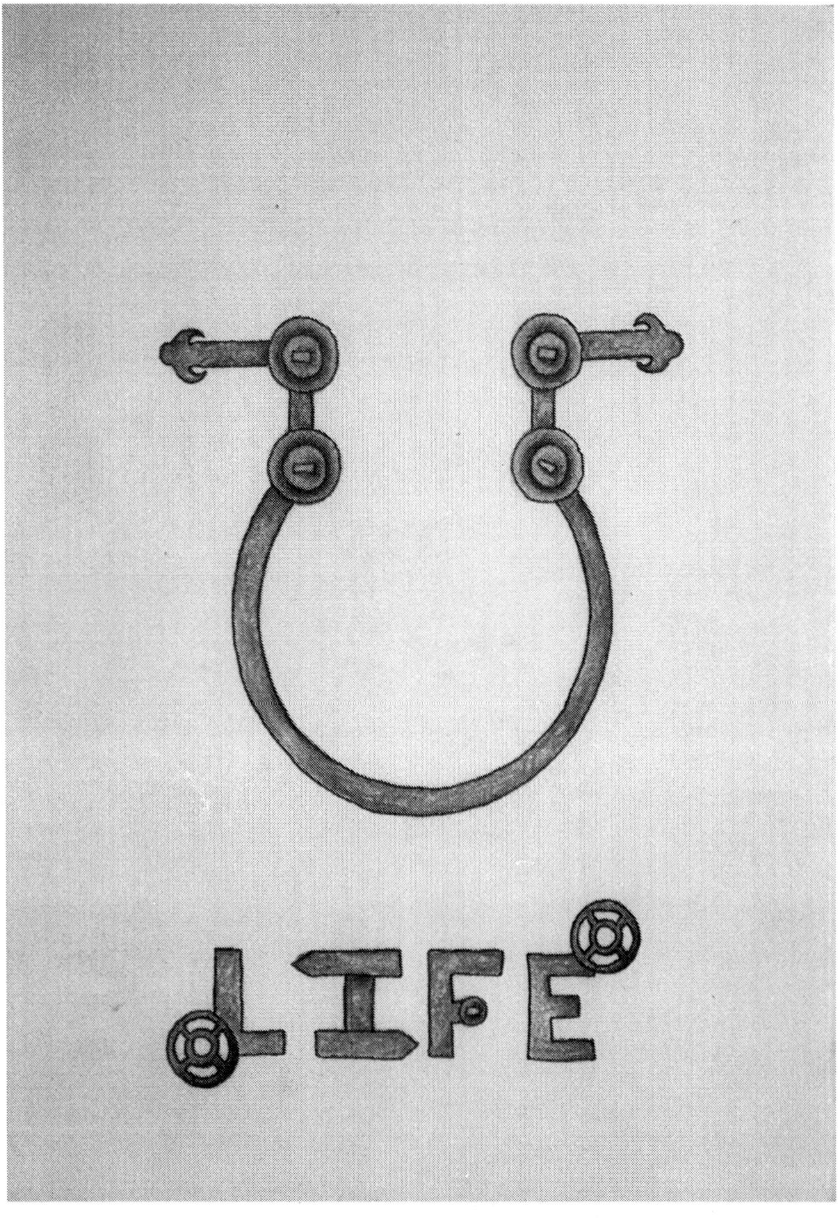
LIFE

Alquimia

Por Nilda Rosario Planas

Me sabe a creación

Piel en decadencia

Tumulto de hierro oxidado

Sabor metálico

De ojos soñadores

Fantasma de locomotora

Que a velocidad desaparece.

La Gaceta Imperial

Edición Especial

Abaddón ataca nuevamente

El misterioso hombre conocido solo como Abaddón volvió a causar pánico y terror en las calles del Imperio. Luego de varios robos y asesinatos cometidos por el tenebroso enmascarado, sus actos han escalado a actos de terrorismo contra el Imperio. Ataques a Talleres de Alquimia y algunas de las armerías principales la Fuerza Naval Imperial han captado la atención del Emperador Carlo Brittón, quién ha ordenado a la FNI a realizar investigaciones y comenzar la cacería del ahora catalogado "Enemigo del Imperio".

Previo a esto, Abaddón había sido investigado y perseguido por la Guardia Real del Imperio, quienes fracasaron en sus intentos de detener a este malhechor. El Capitán de la GRI, Gregory Lambeth, fue recientemente destituido de su cargo, no sin antes expresar en entrevista exclusiva a nuestra ejemplar publicación que Abaddón es "el criminal más inteligente y hábil que la GRI ha enfrentado".

Los primeros actos criminales de Abaddón habían sido una serie de robos a varias prestigiosas Casas de Alquimia, a quienes había despojado de un sinnúmero de materiales valiosos, incluyendo las raciones de Piedra Filosofal que había disponible en cada una de ellas. Según expertos alquimistas, los materiales robados pueden ser utilizados para crear diversas armas y explosivos. Pero aclararon que los usos pueden ser variados, muchos de ellos inofensivos, pero en manos de un experto, se pueden crear cosas "devastadoras". Algunos de los robos estuvieron acompañados de asesinatos, aparentemente de personas que se toparon con el criminal en el momento de su fechoría. Ninguna particularidad asociaba a los asesinados.

Los pocos testigos que han sobrevivido a los ataques describen a Abaddón como un hombre alto y corpulento, relativamente ágil y sumamente fuerte. Su tez de piel, color de ojos y cabello no se han podido identificar debido a que su largo abrigo, guantes, sombrero top hat negro y su misteriosa máscara de cuero y metal protegen estos detalles. Algunos han comparado su apariencia con la de un caballero de gran clase, excepto por su máscara, que lo asemeja a un "chacal".

Los detalles de los ataques a Talleres de Alquimia y armerías del Imperio no han sido revelados a la prensa por asuntos de "seguridad nacional".

Emperador despide al Capitán de la GRI

El Emperador Carlo Brittón anunció ayer del despido del Capitán de la Guardia Real del Imperio, Gregory Lambeth. El Emperador expresó su disgusto ante la aparente inefectividad del Capitán de detener y capturar al criminal conocido como Abaddón, quien ha causado pánico en las calles de la capital en las pasadas semanas. Pero según fuentes internas del palacio, el Emperador tomó la decisión luego de las expresiones del ahora ex-capitán, en las cuales daba crédito de superioridad a Abaddón. El Emperador se reusó a emitir comentarios al respecto.

Brittón encargó al Teniente Maximilian Kueper, mejor conocido como "El Cazador", a la búsqueda y aprensión del fugitivo. Kueper se ha destacado por aprender a varios revolucionarios durante sus años de servicio condecorado a la Fuerza Naval Imperial. Hasta el momento, no se ha revelado quién ocupara el cargo de Capitán de la GRI.

Celebrando 125 años de La Gran Sinfonía

Esta próxima semana se cumplirán 125 años de la primera presentación de La Gran Sinfonía, compuesta por Leopoldo Von Strout. Este evento histórico será conmemorado en la Sala de Conciertos de las Grandes Torres, con una reproducción completamente fiel, por la Orquesta Filarmónica Imperial. La Filarmónica utilizará las bobinas resonantes diseñadas y construidas por el mismo Von Strout para la presentación original.

Von Strout había fracasado como científico antes de convertirse en un exitoso pianista y compositor de sonatas. Luego de 10 años de éxito, su carrera musical se estancó. Por casi 5 años estuvo fuera del ojo público, pero resurgió para presentar su primera sinfonía. La misma lo llevó de famoso a legendario ya que, luego de una primera gran presentación triunfal, falleciera de un ataque cardiaco durante las últimas notas de su sinfonía.

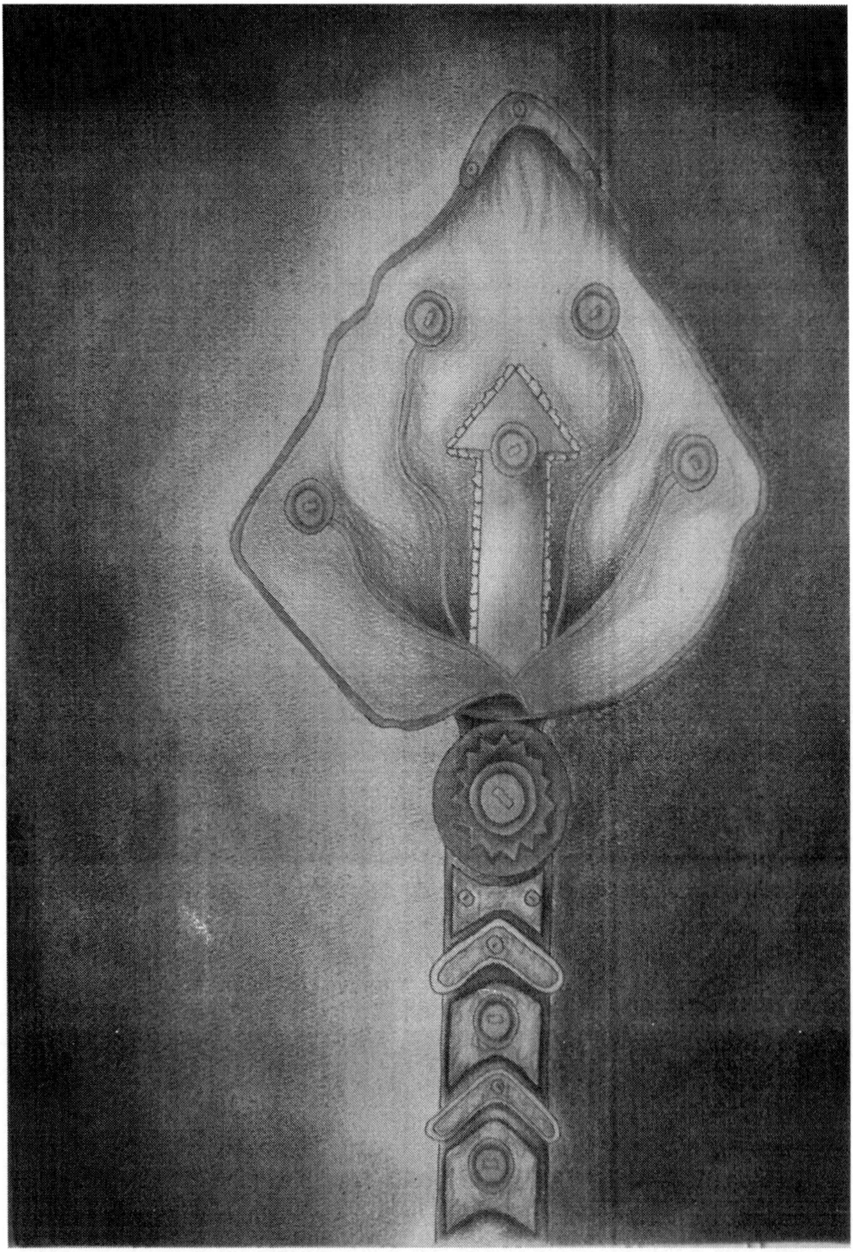

A TODO VAPOR

Por A.J.R. Planas

Atlas Centri es un planeta de misterios. Un Imperio se desarrolló hace más de cien años, el cual conquistó la mitad de este mundo. Del gran Imperio de Britannia surgieron dos naciones: Britannia del Norte, una isla continente que luchó por su independencia del Imperio; y Britannia del Sur, un archipiélago continental que luchaba por mantener la integridad del Imperio. Ambas naciones habían logrado gran desarrollo político, social, filosófico, científico y económico. Pero ninguno de los dos había logrado exploraciones significativas en el otro lado del mundo, donde aguardaba un gigantesco continente repleto de incógnitas. En uno de estos lugares poco conocidos de Atlas Centri, en un pequeño pueblo de unas 300 personas, habitaba Alonzo Passano, un niño que, como todo niño, disfrutaba jugar y hacer travesuras. Pero a diferencia de otros niños de su pueblo, Alonzo tenía un apetito insatisfecho e inapagable de aprender nuevas cosas y tener diversas experiencias. Solo conocía su pequeño pueblo, pero percibía que había mucho más en el mundo que le rodeaba.

Hijo de dos padres amorosos, en una familia con 6 hermanos más, Alonzo aprendía de los conocimientos de todos y cada uno de ellos, sus mayores y, al menos en ese momento, sus superiores en conocimiento. Habitaban todos en una humilde casa de madera ubicada cerca de un puerto marítimo en un pueblo pequeño y pobre. Su padre pescador les enseñaba a todos sus hijos sobre navegación y el arte de la pesca. Su madre, versada en artes culinarias, limpiaba y preparaba los peces para llevarlos al mercado. El negocio familiar requería de la ayuda de todos para ser exitoso y poder sustentar a toda la familia. Llevar la carreta al mercado era no solo la aportación principal al negocio, sino también la actividad favorita de Alonzo. Cada uno de sus hermanos había tenido la tarea de llevar estos peces al mercado, y Alonzo llegó a acompañar a sus otros 2 hermanos menores para aprender dicha faena. Con tan solo ocho años de edad, Alonzo ya se hacía cargo de esta tarea solo, pues era muy brillante y sus padres confiaban plenamente en sus habilidades. Además, el niño era muy querido por las personas en el mercado ya que era muy amable, cooperador cuando lo podía ser, y también demostraba seriedad y madurez a la hora de hacer algún negocio. Su disposición para trabajar era siempre respetada y elogiada por quien le conocía.

Alonzo observaba que sus hermanos siempre hacían lo mismo. Tomaban la carreta por uno de los extremos, el cual tenía unas extensiones en madera en forma de agarradera, y empujaban la misma, ayudados por las ruedas de madera. Cuando Alonzo llegó a la edad para realizar esta faena por su cuenta, decidió analizar todo el proceso. Primero notó que las ruedas fallaban; a menudo se atoraban, a veces se partían, siendo de madera. El y sus hermanos tenían que tomar la carretilla casi en sus hombros y cargar con todo el peso el resto del camino. El niño se dio a la tarea de encontrar una solución.

Alonzo había conocido en el mercado a un herrero y metalurgo llamado Damián. Este era un hombre alto, corpulento, imponente, de facciones algo brutas y un carácter aparentemente poco amistoso. Sin embargo, al pasar por su puesto, Alonzo siempre saludaba cordialmente a Damián, quien inmediatamente notó en el niño respeto, pero no temor. Un día el saludo se convirtió en una conversación, pues Alonzo le prestó un complemento a Damián sobre uno de sus trabajos; una pequeña escultura en bronce y otros metales de una flor. Los pétalos de la misma tan delicados como el de un capullo recién florecido en primavera. Parecía una copa, de borde imperfecto pero delicado, con un estigma que se encumbraba hacia el cielo. Damián era un hombre que sentía gran orgullo por su trabajo, pues lo hacía con gran pasión y mucho cuidado. El sentir la apreciación del niño por su flor confeccionada en bronce, le ganó a este el respeto del imponente metalurgo.

En su próxima visita al mercado, Alonzo se acercó a Damián, y luego de saludarle le preguntó si era posible que Damián preparara unas ruedas en metal para la carreta. Este le contestó que con mucho gusto le podía ayudar, pero le preguntó que como pagaría dicho trabajo. Alonzo entonces contestó a su gigantesco amigo que si gustaba comer pescado, le prepararía con sus propias manos una cena, y sería invitado a la casa de sus padres a disfrutar de la misma. Damián no era el mayor amante del pescado y la invitación a comer dicho plato no parecería una de gran importancia por no ser un plato gourmet, pero su curiosidad por la invitación hizo de la misma una irresistible.

Acordado el negocio, Alonzo se marchó a preparar la cena, para que Damián la pudiese disfrutar esa misma noche, ya que el encargo de las ruedas de metal estaría listo en solo unas horas.

Al llegar a su casa y explicarle todo a sus padres, los mismos quedaron sin palabras. Su padre solo pudo comentar que había suficiente pescado para compartir con un invitado y que también le podrían ofrecer pan. Su madre comentó que entonces comenzaría a preparar la cena, pero Alonzo protestó inmediatamente, indicando que el acuerdo estipulaba que él prepararía la cena. Su madre, un tanto asombrada, se preguntaba como su hijo podría cocinar si nadie le había enseñado a hacerlo. Pero guardando silencio al respecto, le mostró donde estaban las cosas que necesitaría para hornear el pan y preparar el pescado. El niño inmediatamente comenzó la tarea.

Por años, Alonzo había observado a su madre mientras horneaba pan, limpiaba y cocinaba los peces para la familia de nueve. Solamente tenía que asegurarse de preparar un poco más de lo que su madre acostumbraba a preparar, para poder satisfacer el hambre de su invitado. Su madre, sin darse cuenta, le había enseñado a cocinar, y tanto ella como su esposo habían sido ejemplo para él de cómo ser una persona trabajadora, honesta y fiel a su palabra.

El padre de Alonzo abrió la puerta y, aunque algo asombrado por la apariencia del invitado de su hijo, le dio la bienvenida a Damián a la humilde residencia de la familia Passano. No era la primera vez que los miembros de la familia veían a Damián en persona, pues todos habían visitado el mercado en más de una ocasión y le habían visto trabajar en su taller. Pero por más veces que le vieran, su figura y carácter siempre eran imponentes. Pero para Alonzo, era simplemente un amigo que lo visitaba y no un gigante poco conocido. Luego de unos minutos de conversación entre el señor Passano y Damián sobre los breves encuentros entre él y su hijo, Damián fue llamado por el niño a la mesa, así como toda su familia también fue invitada a unirse al pequeño festín preparado por el menor de los Passano.

Sentados a la mesa, Damián fue el primero en probar el pescado, y al ver un rostro de deleite, el resto de la familia procedió a probar e ingerir su cena. Nadie habló hasta terminar su plato, todos disfrutando del jugoso y bien condimentado pescado, y del fresco y tostado pan. Damián había descubierto la delicia que potencialmente podía ser un pescado bien preparado.

Terminada la cena, Damián se puso en pie y se acercó a una funda de cuero que había traído consigo y había dejado en la recepción del hogar. De esta sacó cuatro ruedas de metal sólido y muy fuerte. Llamó entonces a Alonzo y a su padre, y los tres salieron al lugar donde guardaban la carreta. Entre todos, voltearon la carreta y Damián comenzó a ponerle las ruedas de metal. Luego la volvieron a voltear para que las ruedas estuviesen tocando el suelo. Alonzo probó la carreta y notó que se podía mover con mayor facilidad que antes al no tener que levantar la carreta, pero que las ruedas se movían con mayor o menor facilidad, dependiendo el tipo de terreno en el que se encontraban. Entonces Damián le preguntó si deseaba que la carreta se moviera con mayor facilidad aún que la que proporcionaban las nuevas ruedas. Al joven contestarle que sí, Damián le explicó que lo que necesitaba era un riel para montar la carreta sobre el mismo. Sacó unas piezas alargadas del mismo metal y las usó para demostrar a que se refería.

Aunque nadie en la familia Passano había observado nada similar en sus vidas, Alonzo entendió el concepto rápidamente. Pero se preguntaba cómo podría pagarle a Damián para que le ayudara a preparar los rieles. Fue Damián quien propuso el acuerdo: "Luego de que lleves los pescados al mercado, me ayudarás en mi taller. Al terminar las faenas del día, utilizarás la carreta para traer a tu casa varias piezas de metal, las cuales tu familia asegurará para mí. De aceptar los términos y toda la familia aportar, los rieles estarán listos e instalados en solo unos meses."

Según el plan, unos meses más tarde, los rieles estuvieron listos y en menos de un año estaban instalados. En un espacio de dos años, todos habían logrado grandes ganancias con la carreta y los rieles como medio de transportación de bienes. Los peces de los Passano eran transportados al mercado con gran rapidez y eficiencia. Mientras Alonzo ayudaba a Damián en su taller, uno de sus hermanos realizaba varios viajes con la carreta y riel transportando materiales y bienes del mercado al puerto adyacente a la propiedad de los Passano, y del puerto hasta el mercado. Por esta transportación, los Passano cobraban una tarifa. Terminada las faenas de Alonzo en el taller de Damián, el jovencito llevaba las piezas preparadas en el último viaje de la carreta con la ayuda de su hermano.

Todos esos años trabajando en el taller de Damián, Alonzo observaba con atención. La primera vez que vio el taller con sus propios ojos, le parecía un tanto desorganizado; piezas de metal de diversos tamaños en tonalidades desde escarlatas y marrones hasta plata y destellos de oro, pero todo con un toque de antigüedad y corrosión. El aroma era una combinación de polvo, sudor e hierro fundido. En sus frecuentes visitas pudo apreciar sin embargo que los olores eran solo el residuo del trabajo y que de la variedad de colores y piezas de diversos tamaños que antes aparentaban estar esparcidas sin propósito, ahora parecían casi una obra de arte, muchas de ellas trabajando juntas en mecanismos que el joven aún no entendía.

Un día Damián le indicó a Alonzo que no abriría su taller en el mercado y que los dos trabajarían en la propiedad de los Passano. Era mejor hacer este trabajo fuera de su taller en el mercado para tener mayor privacidad y tranquilidad mientras trabajaban. El día acordado, Alonzo se levantó de su cama y se preparó antes que saliera el sol para recibir a su amigo y compañero de trabajo. Damián llegó a la residencia de los Passano y utilizando los materiales que Alonzo transportaba día tras día, comenzaron a trabajar. Maderas y metales eran los materiales básicos. Planchas, clavos, roscas, tuercas; todo tipo de formas que pudieras pensar hechas con estos materiales. Trabajaron por días y noches, Damián haciendo los trabajos que requerían de mayor fuerza e impartiendo las instrucciones a su joven asistente sobre trabajos que requerían de mayor delicadeza y paciencia, las cuales parecían llegar al joven de forma natural.

Este trabajo tomaría mucho tiempo, por lo que trabajaban los días que el mercado cerraba, trabajaban durante las noches y en ocasiones, Damián dejaba alguna instrucción para que Alonzo adelantara parte del trabajo con la ayuda de su padre o alguno de sus hermanos. Alonzo había demostrado gran inteligencia y mucha sabiduría para su edad. Observaba y aprendía sobre las diferentes cosas que Damián le enseñaba de manera directa o indirecta. Como aprendió con su padre sobre el mar, la pesca y la navegación, como aprendió de su madre a cocinar y a ser una persona honesta y productiva, así mismo aprendía de su nuevo mentor sobre la metalurgia y construcción. Para montar los rieles, todos los miembros de la familia Passano habían trabajado fuertemente. Había sido un trabajo de muchas manos y largas horas. El nuevo proyecto era uno de mayor complejidad técnica, por lo cual los otros hermanos Passano eran llamados a colaborar solo en ciertas tareas. Pero no Alonzo. Damián había observado en Alonzo una serie de cualidades que nunca había visto en ningún otro niño ni joven del pueblo, incluyendo a los seis hermanos de Alonzo. Ambos conversaban mientras trabajaban, conversaban en los recesos de descanso y conversaban en las horas de la merienda.

Pasaron días, semanas y meses, los cuales fueron aprovechados en largas horas de construcción y ensamblaje, y repleto de conversaciones. Damián quería construir un motor de vapor para la carreta de transporte. En las conversaciones, Damián explicó que provenía de un lugar distante, donde existían maquinarías enormes de transporte. Uno de sus primeros trabajos en aquel lugar consistía precisamente en la construcción de piezas para estos sistemas de transporte. El diseño para la carreta manual sobre los rieles de hierro y el diseño para esta nueva maquinaria eran basados en lo que había aprendido sobre los diseños, elaboración y ensamblaje de las locomotoras de vapor en su país de procedencia. Hablaban sobre los metales y las características de cada uno, sobre cómo funcionaba toda esta maquinaria y hasta los propósitos para los cuales la utilizaban.

Luego las conversaciones se tornaron más hacia las experiencias de Damián en su país natal. Su vida de niño, su educación y su juventud, sus años de interesante trabajo, y la razón de su exilio.

Damián nació y creció en un pequeño pueblo perteneciente al Archipiélago Continental llamado Britannia del Sur. Siendo el resultado de un embarazo no deseado por una pareja muy adulta, había pasado a la custodia del Imperio casi desde el momento de su nacimiento. El Gobierno requería de hombres y mujeres dedicados a diversas tareas para el mejoramiento y expansión del Imperio, por lo que habían decretado que parejas que desearan, podían ceder la custodia de sus hijos al estado, quien daría a los padres una remuneración económica y se encargaría de la educación y crianza de sus hijos. Pero estos niños no eran vistos ni tratados como esclavos, sino como pupilos del Imperio.

Desde pequeños eran alimentados y bien cuidados por diversos custodios del estado; personas adineradas y de buena posición social, que educaban a los niños como si fuesen sus hijos. Los niños eran educados en diversas materias: historia, ciencias, lenguas y dialectos extranjeros. Según estos crecían, sus maestros tenían la responsabilidad de evaluar su progreso y analizar en cuales materias los niños se destacaban y demostraban gran interés. Así, según estos crecían, se les fomentaba educarse y adiestrarse en tareas que fueran útiles para el Imperio, pero que no fuese necesario el forzar al joven para que ejerciera. De este proyecto surgieron médicos y científicos; filósofos, escritores y profesores; labradores de los campos, criadores de reses y otras bestias; soldados y políticos; y por supuesto, artesanos, trabajadores de fábricas y profesiones tan particulares como la metalurgia.

El trabajo en metales era muy importante. La construcción de edificios y maquinarias requería el uso de muchos metales y el amalgamar los mismos. Crear varillas y columnas, clavos, tuercas, tornillos, roscas, remaches y planchas metálicas requería no solo fuerza y destreza física, sino también el conocimiento de cómo fundir los metales, qué mezclas de metales eran más sólidas y resistentes, qué cantidades de metal necesitabas para hacer la mezcla adecuada, cómo darle la forma y el tamaño exacto para el propósito que cumpliría esa pieza.

Siendo un joven fuerte pero de cierta delicadeza, apto para las ciencias y los números prácticos (aunque no tanto para las matemáticas teóricas), Damián parecía destinado a ser un gran metalurgo. Pero adicional a esto, el joven disfrutaba del estudio de lenguas, tanto nativa como los dialectos extranjeros. Era un excelente orador y gustaba entablar conversaciones por horas sin fin. Su capacidad para expresarse era casi opacada por su interés en escuchar las opiniones de otros y aprender de cualquier conocimiento que le pudiesen proveer.

Damián no tenía gran habilidad para diseñar y crear, sin embargo tenía un gran talento para entender a los grandes pensadores y poner en práctica sus ingeniosos proyectos. Al analizar todos estos talentos, sus maestros decidieron que él sería el candidato ideal para un día correr el Departamento de Metalurgia y Alquimia del Imperio. En esta posición tendría a su cargo el ser el enlace entre los ingenieros y arquitectos que creaban los rieles de transporte con sus maquinarias de vapor, los grandes puentes y edificios, los relojes, autómatas y maquinarias complejas; y los obreros, quienes harían estos diseños una realidad.

La estatura y corpulencia de Damián podía causar una primera impresión de un hombre del cual era mejor mantener distancia. Pero en esos días Damián era un joven de buen ánimo, dispuesto a bromear, y siempre un hombre de palabra sabia y acciones en favor de otros, nunca en contra. Hizo muchos amigos y era muy popular en el Departamento de Metalurgia. El Director de este Departamento estaba siempre muy complacido con el trabajo de Damián y valoraba lo mucho que este joven le ayudaba. Sin embargo, el Director le preocupaba la rapidez con la que Damián subía en estatus dentro del Departamento y el apoyo que tenía de otros funcionarios del Imperio.

El Director no había podido encontrar más del mineral conocido como "piedra filosofal" en todos los territorios de Britannia del Sur. Una de las principales tareas de esta posición era asegurarse que en todo momento hubiese los materiales necesarios y de no haberlos, utilizar otros empleados del departamento para conseguirlos. Este mineral era uno de gran importancia, pues se había descubierto que, en combinación con otros minerales, rocas y metales, se podían obtener diferentes reacciones. El utilizarlo en las llamas de fuego de maquinarias de vapor hacía que el fuego fuese más duradero y ardiera con mayor intensidad. Fundirlo y combinarlo con otros metales podía causar diversos resultados. Algunos metales se convertían en metales más sólidos, capaces de sostener más peso; otros se convertían en más duraderos e inoxidables; otros en materiales más maleables de lo que solían ser. Se rumoraba que de la combinación correcta de algún metal con este mineral, se podía producir oro. Inclusive había teorías sobre posibles funciones medicinales. Pero los metalurgos eruditos apenas estaban comenzando los estudios sobre las posibilidades de uso de la piedra filosofal.

Por un tiempo, Damián fue asignado a este departamento. Aprendió mucho de los metalurgos veteranos y por su cuenta realizó muchos experimentos que culminaron en nuevos avances en los estudios del limitado mineral. El Imperio de Britannia del Sur había dado gran importancia a la extracción del mismo en todas sus tierras para continuar los estudios y utilizar grandes cantidades en los usos ya determinados. El futuro del Imperio dependía del progreso que se pudiese obtener de la piedra filosofal. Pero los recursos de Britannia del Sur se acabaron rápidamente. Las cantidades encontradas en sus territorios eran muy limitadas y se utilizaron grandes cantidades en los estudios realizados. Aún más cantidad del mismo había sido empleada como fuente de energía y material de construcción.

El Imperio comenzó a ejercer gran presión sobre el Director del Departamento de Metalurgia para que localizara mayores cantidades de la piedra. El Director determinó que la única posibilidad que restaba era buscar en nuevos territorios. Se sabía que en Britannia del Norte existía el mineral, puesto que el mismo se había descubierto en ese territorio hace varias décadas atrás, cuando Britannia del Norte aún era parte del territorio del Imperio. Pero estos habían obtenido su independencia y el invadir sus territorios en busca del mineral podría considerarse un acto de guerra, la cual Britannia del Sur no estaba lista para enfrentar. El Director recomendó que se organizara una exploración en las tierras que se encontraban al otro lado del mundo, ya que existía una posibilidad de que en alguna de las tierras desconocidas se pudiese encontrar alguna reserva. En sus mejores tiempos, el Imperio había enviado compañías militares para exploración de estos territorios. Muy pocos habían regresado y era muy poca la información que podían ofrecer sobre estas tierras.

El Imperio decidió enviar un grupo de científicos que pudiesen estudiar los suelos de las tierras desconocidas, tratando de localizar nuevas fuentes de la piedra filosofal. De enviar grandes compañías exploradoras o militares, se corrían el riesgo de que los habitantes de Britannia del Sur se dieran cuenta de la escasez del mineral y resultara en algún tipo de pánico. Tampoco querían demostrar vulnerabilidad ante Britannia del Norte. Por eso se decidió emprender en una misión secreta. Grupos de tres se comenzaron a formar; un científico, un capitán para la aeronave que los llevaría hasta el otro lado del mundo, y un autómata para asistir al capitán. Uno de los científicos asignados fue Damián. Joven, de grandes talentos y conocimientos, con un físico que al menos aparentaba que era capaz de defenderse por sí solo; para el Director del Departamento era un alivio no tenerlo cercano a las oficinas administrativas y cercano a los líderes del Imperio.

Con tan solo 23 años de edad, Damián se vio obligado a abandonar su hogar, su hermana de crianza, su prometedor futuro y dirigirse hacia un destino indefinido e incierto. Abordó una pequeña aeronave con un zepelín de helio en el tope para que la misma se elevara y un sistema de palancas para dirigir el mismo. La propulsión del mismo era con sistemas de vapor. El zepelín era un globo ovalado de un color crema, casi blanco, que fácilmente se podría confundir a distancia con una nube. El sistema de palancas era hecho en bronce, con engranajes internos en hierro, y una caja en una madera bien pulida y pintada en tonos rojizos, al igual que la cubierta y la cabina. La caja de madera tenía las diversas palancas saliendo de ella como si alguien las hubiese incrustado de forma violenta pero definida, como un soldado incrusta en la caja del pecho del enemigo su espada. La caja, o bitácora, como le conocían los navegantes, también tenía una serie de relojes de agujas. Pero estos no marcaban el tiempo, sino que marcaban la dirección, la velocidad y otras medidas que ayudaban a facilitar la navegación.

La cabina era de dos habitaciones, una para el capitán y otra para Damián. El autómata permanecía en la cubierta a cargo de los controles en todo momento. El mismo era el cruce perfecto entre un humano y un reloj. Su anatomía externa era casi la misma de cualquier hombre; brazos, piernas, manos pies, dedos, pecho, cuello, cabeza. Pero no tenía genitales, ni piel, ni músculos. Algunas placas de metal protegían ciertas partes, pero la mayoría de las partes estaban semi descubiertas, y se podía apreciar claramente los mecanismos que lo hacían funcionar. La cabeza, forrada completa de oro, protegía el sistema de una máquina diferencial muy compleja, un sistema por el cual el autómata podía interpretar las instrucciones que se le daban y cumplir las mismas.

Una travesía de casi un mes les llevó a este lugar donde Damián eventualmente haría su nueva vida. Fue un mes lleno de anécdotas, incertidumbre y aventura. Elevaron la aeronave tarde en la noche para salir de Britannia del Sur antes de la madrugada. Ya que la misión era secreta, era preferible que las menos personas posibles observaran su salida. La nave tampoco estaba rotulada ni tenía ningún tipo de bandera que la identificara como propiedad del Imperio. Por esta razón, si alguien la veía salir, podía pensar que la misma pertenecía a un comerciante o explorador independiente.

Según veían el sol asomarse en el horizonte, lograron ver a gran distancia la costa de Britannia del Sur, tan lejana que solo se podía observar una pequeña franja como si fuese una sombra, y ni las estructuras más grandes y altas se podían distinguir. Las costas de Britannia del Norte se podían apreciar de manera similar desde las islas ubicadas más hacia el norte de su país, pero a esta distancia y en esta ubicación de Atlas Centri, era imposible ver la Britannia norteña.

Aproximadamente un mes de viaje en dirección hacia el suroeste les llevó a visualizar tierra en la distancia. Habían atravesado tormentas, experimentado días sin agua o alimento adecuado, incertidumbre de si hallarían tierra; si la misma les proveería lo que buscaban y necesitaban, y que peligros les presentaría esta tierra desconocida. Tenían conocimiento de otros exploradores que se habían aventurado hacia estas tierras, exploradores en busca de emoción, dinero o fama; otros casi forzados por el Imperio a lanzarse a lo que ellos consideraban una misión suicida, puesto que muy pocos habían regresado de estas exploraciones. Los escasos afortunados hablaban muy poco sobre sus experiencias. Algunos parecían haber olvidado lo sucedido, otros parecían torturados al tratar de recordar. La mayoría simplemente había encontrado muy poco de importancia para el Imperio. Pero luego de tantas décadas, las tierras al otro lado del mundo continuaban siendo un gran misterio, repleto de incógnitas y con pocas respuestas obtenidas.

Decidieron entonces permanecer en la distancia y acercarse para aterrizaje caída la noche. Querían buscar la manera en la cual su llegada fuera menos fácil de detectar por cualquiera que quisiera darles una “bienvenida” poco amistosa. Antes que el sol volviese a ascender, habían logrado aterrizar en una pequeña planicie rodeada de árboles altos y frondosos. Decidieron que era buen lugar para aterrizar, pues los mismos podrían brindar un buen lugar de escondite. Trataron de dejar la aeronave lo más cercana posible a los árboles, vaciaron el globo de helio y lo guardaron junto a las velas de la embarcación aérea, y cubrieron todo con ramas de los árboles que habían caído al suelo.

Debido a que las instrucciones que podía procesar y cumplir el autómata eran limitadas a tareas de navegación aérea, había muy poco en lo que este podía aportar en tierra, por lo que decidieron dejar que se le agotara la cuerda y dejarlo escondido en la aeronave. El capitán tomó entonces su espada, la cual era costumbre llevar por los oficiales de la Armada Naval del Imperio, su revólver, su rifle de pólvora, y municiones adicionales. Damián por su parte tenía una pequeña navaja en una baqueta de cuero en su tobillo derecho y tomó dos revólveres y municiones para los mismos. Cada uno llevaba su cantimplora, ambas casi vacías. Caminaron por varios días, alimentándose por frutas que encontraban en el camino, descansaban en las noches y racionaban su agua, tratando de llenar las cantimploras en los momentos que caía alguna llovizna o encontraban alguna fuente de agua fresca. En Britannia del Sur existía mucha vegetación, pero nada como lo que estaban observando. En las grandes ciudades se podía ver grama, arbustos y árboles de pequeña altura. En este bosque, los árboles eran tres veces del tamaño que usualmente se podía ver en las ciudades. Inclusive las áreas rurales y los bosques de Britannia del Sur no alcanzaban tales alturas. Flores silvestres de miles de colores, ninguna igual a la otra, ni a ninguna antes vista por Damián. Los frutos que habían encontrado en el camino los habían consumido con cierta reserva pues no sabían que sabor tendrían y, peor aún, si alguno de ellos era venenoso. Continuaron caminando tierra adentro, en dirección hacia unas montañas, pues Damián entendía que de encontrar rocas de la piedra filosofal en esta tierra desconocida, sería probablemente en algún área montañosa. Con suerte, quizás podrían encontrar un río donde saciar su sed.

Después de unos tres días y medio de caminata, ya estaban en el pie de la montaña. En un momento de silencio pudieron notar en la distancia el sonido de agua corriendo, aparentemente una fuerte corriente que emanaba en dirección noroeste de donde estaban. Aligeraron su marcha y cuando lograron divisar la fuente de agua, ambos salieron corriendo. Era un río que llevaba bastante fuerza, aunque no parecía extremadamente caudaloso. Bajo la luz del sol, el agua parecía de plata radiante, y según se acercaban, podían apreciar lo cristalina que era. El día estaba muy caluroso, pero el agua estaba sumamente fría. Esto los motivo a lanzarse de pecho para no solamente beber de ella, sino también refrescar su cuerpo. Pero el momento de alegría duró muy poco, porque en unos instantes se encontraban rodeados de nativos, los cuales estaban armados y, aparentemente, no muy felices de verles. El capitán trató de salir del agua y fue casi corriendo a buscar su espada, que era el arma más cercana a él. Pero antes que pudiera salir del agua, uno de los nativos le golpeó fuertemente en la cabeza con un garrote hecho en piedra, y de un solo porrazo, lo mató. Al ver esto, Damián solo levantó sus manos e hizo un gesto de sumisión. Dos de los nativos entraron al agua y lo tomaron, uno por cada brazo, y lo sacaron. Estando fuera del agua, escuchó cuando uno de los nativos le dijo a otro algo en una lengua muy parecida a la suya. Antes de poder descifrar lo que dijo o poder reaccionar, recibió un golpe en la parte trasera de la cabeza que le dejó inconsciente.

Cuando despertó, era ya de noche. Estaba atado de manos y de piernas, cada extremidad extendida y sujetada por sogas a cuatro extremos de algo similar a una cama hecha en madera y pajas. Había una mujer nativa sentada al lado de su cama, que con una pañoleta mojada le limpiaba la parte trasera de su cabeza. La pañoleta y el jarrón de agua donde enjuagaba el mismo la mujer, estaban ensangrentados. Con voz áspera pero muy bajo volumen, Damián le preguntó a la chica su nombre, pero ella no le entendió. Ella buscó otro cacharro de agua fresca y le dio de beber. Él volvió a repetir la pregunta, y cuando vio la expresión de la chica, pudo entender que sus palabras le parecían familiares a ella, y a la vez, eran alienígenas. Él trató de apuntar su dedo índice izquierdo a su cara y dijo "Damián". La chica lo miró como si no entendiera, y el repitió su nombre. Ella entonces lo señalo y dijo "Damián" y él asintió con su cabeza. Ella entonces se señaló a sí misma y dijo "Eva". Él, con gran dulzura, repitió su nombre. En ese momento entraron varios de los hombres nativos. Uno de ellos la tomó por un brazo, la haló para levantarla y moverla hasta la puerta y la soltó fuera del salón y cerró la puerta en su cara.

Todos los nativos en la habitación sacaron una navaja. Damián pensó que le harían daño, pero ellos comenzaron a cortar las sogas con las que lo habían sujetado de la cama. Cuando las cuatro sogas fueron cortadas, lo sentaron al borde de la cama y en ese momento entró un anciano. Los otros hombres colocaron un asiento justo frente a Damián y el anciano se sentó frente a él. Por varias horas trataron de conversar. Para el anciano, las palabras de Damián eran familiares y Damián también podía descifrar, aunque con un poco de esfuerzo, lo que el anciano le decía. El enfoque de Damián al diálogo era tanto que apenas percibió que le habían traído a la habitación un plato de comida. Finalmente lo tomó cuando el anciano le invitó a que tomara el plato y comiera mientras conversaban. Damián pudo captar que el idioma de los nativos era un dialecto, que de seguro provenía de la misma raíz del idioma que el de su tierra natal. Sus estudios en variadas lenguas y su habilidad de comunicación sirvieron para que en solo unos días ya pudiese entender y hablar este dialecto.

Los próximos días, Damián tuvo la siguiente rutina: al despertar en la mañana, Eva le traía desayuno y curaba su herida; luego le ayudaba a llegar a la alcoba del anciano, con quien compartía casi todo el día. A medio día Eva les traía a ambos almuerzo y en la tarde buscaba a Damián para ayudarle a llegar al río, donde él se bañaba. Luego regresaban y ella le servía la cena. Damián disfrutaba de las conversaciones con el anciano, pues ambos compartían conocimientos y contestaban las preguntas del otro. Pero Damián disfrutaba aún más los momentos con Eva. Aunque en la aldea había otras mujeres, Damián no tenía contacto directo con ninguna otra, y teniendo la oportunidad de conversar a solas con Eva, poco a poco fue conociéndola. Aunque al principio había sido un poco difícil comprenderse el uno al otro, según Damián fue entendiendo el dialecto, las conversaciones comenzaron a tornarse cada vez más largas. Cada uno le preguntaba al otro sobre su vida antes de conocerse y Damián trataba de contarle a Eva sobre Britannia del Sur, sin lograr satisfacer su deseo de conocer más sobre la distante nación. En una de estas conversaciones, Eva le explicó a Damián que esta era una aldea pequeña en la cual vivían unas 7 u 8 familias, cada una de unas 30 personas. Su familia era la más importante puesto que su abuelo, el anciano, había sido el líder de la aldea y ahora su padre, quien lo había golpeado en la cabeza en el río, era el nuevo líder. Luego le explicó que su abuelo estaba determinando si Damián era una persona "peligrosa" para la aldea, y que dependiendo la determinación de su abuelo, serían las opciones que le darían a Damián, que podían ser el unirse a la tribu en el mejor de los casos, o quitarle la vida en el peor de los casos.

Los nativos eran de tez trigueña, cabellos negros y rizados. Los hombres en su gran mayoría eran casi tan altos y fuertes como Damián. Las mujeres eran más altas que las mujeres de Britannia del Sur, de tronco y extremidades alargadas y atléticas. El anciano, probablemente el hombre de mayor edad en la aldea, poseía características similares a los demás hombres de la aldea, pero él caminaba más lento, con su cuerpo un tanto encorvado por la edad. Su cabeza estaba cubierta por una gran abundancia de pelo blanco. Eva tenía una tez un poco más clara y a diferencia de los ojos color café que tenían casi todos en su aldea, los suyos eran verdes. Damián temía mirar los ojos de Eva, pues sentía que cada vez que los veía, un pedazo de él era cautivado por ella.

Luego de varios días de deliberación, el anciano determinó que Damián no causaría ningún daño a la aldea, pero que su búsqueda del mineral extraño no le podía permitir que permaneciera en la aldea más tiempo. En esta aldea había grandes cantidades de la piedra filosofal, y el anciano pensaba que de Damián permanecer en la aldea, otros vendrían buscándolo y encontrarían la piedra, perturbando la paz de la aldea. Para asegurarse que nunca traería extraños a su aldea, el anciano le ofreció en matrimonio a Eva. El anciano había notado como Eva había embrujado a Damián, y sabía que por amor y respeto a ella, nunca haría daño a su tribu. Este tipo de acuerdo no era costumbre en Britannia del Sur, pero ya que Damián se había enamorado de ella, no encontraba como negarse. Ella sintió que extrañaría su aldea y su familia, pero ella también amaba a este extraño que la respetaba y escuchaba más que cualquier hombre de su aldea, quienes la veían como propiedad para negociar y como esclava para cumplir con tareas. El trato sería beneficioso para todos.

En unos días se encaminaron Damián con su esposa Eva en busca de algún lugar donde vivir. Cruzaron el río y continuaron caminando hacia el norte, donde la tribu les había indicado que encontrarían varias aldeas y poblados amistosos que podrían recibirles. Luego de haberse detenido en tres pueblos diferentes, llegaron al poblado donde Damián estableció su taller de herrería y metalurgia. Había transcurrido ya unos 10 años desde su llegada.

Damián compartió muchos más detalles con su joven amigo en los meses de construcción del motor de vapor. Cuando el motor estuvo listo, se ensambló en una nueva carreta, hecha con un armazón en metales y completada por maderas. Carretas adicionales se añadieron con unos enganches de metal y la rústica locomotora había sido completada. Inmediatamente pusieron el nuevo invento a trabajar y fue la gran sensación del pueblo. Esto facilitaría grandemente el transporte de los bienes que llegaban al puerto hasta el mercado, y de los bienes del mercado que se llevarían hasta el puerto para vender a los marinos mercantes que venían de tierras más distantes en barco. En tan solo unos meses, la familia Passano y Damián harían grandes riquezas ofreciendo transporte de bienes a los mercaderes del pueblo. Pero terminado el trabajo de la sencilla locomotora, era hora de pensar en el próximo proyecto. Después de varios años de trabajo juntos y de Damián recibir varias invitaciones de su joven amigo a la casa de sus padres, Damián determinó que era tiempo de que el joven Alonzo le visitara y conociera a su esposa. Una tarde, cuando el mercado cerró, Damián invitó a Alonzo a que lo acompañara a su casa a cenar. Otro de los hermanos de Alonzo que estaba allí en el mercado recibió instrucciones de su hermano menor de que le avisara a sus padres donde estaría y que no llegaría muy tarde.

Al llegar a la casa, Damián le presentó a Alonzo a su esposa Eva, que lo saludó muy afectuosamente, pues sentía que lo conocía desde hace mucho tiempo, ya que su esposo constantemente le hablaba sobre él. Los tres se sentaron a la mesa a cenar cuando la comida estuvo lista y hablaron por horas sobre la locomotora y los demás proyectos que

Damián y Alonzo habían trabajado juntos, sobre la aldea de Eva y la vida de Damián en Britannia del Sur. Damián le preguntó a Alonzo en que proyecto creía que deberían enfocar su tiempo ahora y la respuesta de Alonzo fue inmediata: "en la aeronave". Damián le explicó a Alonzo que la aeronave estaba muy lejos y que la misma había estado abandonada por muchos años. Si aún existía y si aún estaba en el lugar donde la habían dejado, no estaría en condiciones para viajar. Alonzo le contestó que tenía un plan. Les pidió que se prepararan para salir en dos días y que mañana se encontraran en el mercado para preparar lo que necesitarían para reparar la aeronave.

Al día siguiente, Alonzo le pidió a Damián que buscara lo que entendiera que podrían necesitar del taller para hacer unas reparaciones básicas a la aeronave, sobre todo al carapacho de madera. Alonzo convenció a su padre de cesar sus tareas de pesca por unos días para que les ayudara. Los dos hermanos mayores de Alonzo también les acompañarían en esta aventura. Temprano al otro día, los cuatro miembros designados de la familia Passano se unieron a Damián y a Eva y se encaminaron hacia la antigua aldea de Eva. Al llegar a la aldea unos días más tarde, los recibieron con gran cariño, pues habían extrañado a Eva, pero con gran preocupación, puesto que esto ponía en riesgo el acuerdo entre los ancianos de la aldea y Damián. La presencia de los otros cuatro extraños aumentaba aún más la ansiedad de todos en la aldea.

Damián y Eva se sentaron en un pequeño redondel con pequeños asientos en piedra. Se sentaron con ellos los cuatro miembros de la familia Passano y los ancianos de la aldea, dirigidos por el padre de

Eva, que había asumido aún más responsabilidad en la aldea, tras la muerte del abuelo de Eva hacía unos tres años. La noticia de su muerte afectó tanto a Eva como a su esposo.

Damián les explicó que venían buscando la ayuda de la aldea para recuperar su aeronave, la cual llevarían al pueblo de los Passano. Le explicó además que los Passano no venían en busca de la piedra filosofal ni ningún otro bien, solo venían acompañando a Damián y a Eva, y que ayudarían en el proceso de rescatar la aeronave. El padre de Eva le advirtió que todas estas cosas atraerían atención indeseada a la aldea, pero Damián prometió que una vez la aeronave fuese hallada, sería transportada de una manera secreta para que nadie pudiese notar de donde venían. El padre de Eva se levantó y le pidió a Damián que lo acompañara a conversar en privado.

El nuevo líder le recordó nuevamente a Damián que había un pacto entre él y la tribu de su esposa. Le explicó que todo este contacto con personas ajenas a la tribu no era la costumbre de su gente y que de la misma manera que Damián tenía la responsabilidad de cuidar a Eva, era su responsabilidad cuidar a toda la aldea. Damián le respondió que entendía y que recordaba el acuerdo entre él y el antiguo líder de la tribu. Su intención no era causar daño a este pueblo que había sido generoso con él, le había escuchado y comprendido, y más importante aún, le había confiado a su cuidado a una de las suyas. En las pocas semanas que Damián había pasado en la aldea, se había sentido como si hubiese encontrado un hogar. La decisión de los ancianos de pedirle que se fuera de la aldea, fue para proteger la misma. Pero en respeto a como Damián se había comportado entre ellos y el respeto que había mostrado a Eva, le ganó la mano de esta. Damián entonces le explicó que de la misma manera que él había obtenido el respeto de la aldea, el más joven de sus acompañantes se había ganado el mismo respeto de parte de él. El joven Alonzo deseaba recuperar esta aeronave y Damián no se lo podía negar, ya que ambos tenían una especie de acuerdo colaborativo. El líder de la tribu, siendo un hombre que entendía el valor de la amistad, acordó entonces proveerle 16 hombres de la tribu para que les ayudaran.

Al día siguiente salieron los Passano, los 16 hombres de la tribu y Damián con su esposa en búsqueda de la aeronave. Fueron varios días de caminar y buscar la aeronave, hasta que por fin la encontraron. Inmediatamente comenzaron a trabajar en reparar la misma, enfocándose mayormente en el carapacho de madera. Eva comenzó a trabajar por su cuenta con las velas y el zepelín. Fueron días largos de trabajo para traer la aeronave a un estado más o menos funcional. Cuando todo estuvo listo, los Passano, Eva y Damián tomaron algunas provisiones y subieron a la aeronave. Los 16 de la tribu observaron mientras la tripulación elevó la nave lo suficiente para sobrevolar los árboles y llevarla nuevamente a mar abierto, donde entonces aterrizaron sobre las aguas para navegar de regreso al pueblo de los Passano en dirección norte.

Habían pasado unas cuatro semanas desde que habían partido del pueblo. Según se acercaban podían escuchar y ver a la distancia como se acercaba la locomotora del mercado hasta el puerto. Cuando la gente divisó la embarcación que se acercaba, comenzaron a hacer anuncios a través del pueblo. Cuando la señora Passano escuchó los rumores, sabía que se tenía que tratar de su familia y salió corriendo hacia el puerto. Allí esperó juntó a tres de sus hijos (el cuarto estaba maquinando la locomotora). Cuando arribaron en el puerto, las personas le dieron un gran recibimiento y les preguntaban sobre la extraña nave. Muchas embarcaciones habían llegado al puerto en el pasado, pero ninguna tan extraña como esta. Los padres de Alonzo se dieron un gran beso y sus hermanos lo rodearon a él y a Damián para preguntarles sobre la aventura. Damián habló con el director del pequeño puerto, quien le indicó que no esperaban ningún barco en una semana, y que podía permanecer la aeronave anclada allí por esos días. Entonces Damián le notificó a Alonzo y juntos determinaron que descansarían lo que restaba del día, y en el próximo amanecer comenzaría la última parte de reparación y los preparativos para la nueva aventura.

Damián sabía que Alonzo quería salir en aventuras y que probablemente quería ir a Britannia del Sur, luego de haber escuchado tanto sobre la tierra de origen de Damián. Pero aunque quisiera, no podía ser parte de esta aventura. Alonzo necesitaría ayuda, y Damián conocía la solución; el autómata que había estado escondido en la cabina todo este tiempo.

Todas las noches del regreso marítimo, Damián había estado trabajando en su cabina, revisando y reparando el autómata. Durante los días no solo continuaba con este trabajo, sino que invitaba a Alonzo a que le ayudara y así le enseñaba sobre cómo funcionaba esta interesante invención. A pesar de que en los territorios de Britannia ya existían autómatas más avanzados que este, en esta parte del mundo no había una invención más adelantada que esta (con la posible excepción de la aeronave). La noche del regreso, Damián no descansó en toda la noche para terminar las reparaciones del autómata. También decidió remover el número de serie, para que no pudiese ser identificado como el autómata asignado a su misión.

Los próximos siete días fueron dedicados a las últimas reparaciones y revisiones a la aeronave con la ayuda de todos los Passano (expertos en navegación marítima, aunque novatos en navegación aérea, al menos sabían cómo reparar un barco). Dedicaron tiempo también a los preparativos de las provisiones que necesitaría Alonzo para el viaje. Damián y el padre de Alonzo tomaron tiempo para adiestrarlo sobre todos los procesos de viaje y mantenimiento del autómata, al cual habían comenzado a llamar "Charlie".

La noche antes del despegue programado, Alonzo y Damián se reunieron con sus familias. Para sorpresa de todos, inclusive de Damián, Alonzo tomó la palabra y le explicó a todos que partiría hacia Britannia del Sur. Sabía que este viaje lo realizaría solo, pues Damián jamás podía regresar allá, mucho menos ahora que tenía una esposa. Los padres de Alonzo le cuestionaron por qué haría ese viaje, que podía obtener del mismo. Su respuesta fue sincera y repleta de cariño: “He tenido la gran dicha de ser parte de una buena familia; unos padres que me han enseñado el valor del trabajo y de una vida honesta, hermanos que me han sabido respetar y ayudar cuando he necesitado de ellos, un buen amigo que ha confiado en mí a pesar de mi juventud y falta de conocimiento. Llegó mi momento de explorar el mundo, conocer más sobre él, y tratar de compartir lo que yo he aprendido con quien lo necesite. Mi hogar es este, pero mi destino está al otro lado del mundo. Damián y Eva son ahora parte de nuestra familia, y juntos podrán salir adelante. No sé que me espera en el futuro. No sé si regresaré. Pero si sé que siempre estarán conmigo en mi corazón y en mi pensamiento.".

Los siguientes fueron momentos emotivos, donde Alonzo abrazó a su familia, cruzó palabras individuales con cada uno de ellos y lágrimas corrieron por los rostros de todos. No era fácil ver a uno de ellos partir, pero entendieron que Alonzo necesitaba hacer esto.

Esa noche Damián permaneció despierto dándole un sinnúmero de instrucciones y recomendaciones a su joven amigo. Le entregó un sobre sellado y le dijo que buscara a su hermana de crianza, Gabriela, una vez llegara a Britannia del Sur. Gabriela era la única persona en la cual Damián podía confiar. Ella le ayudaría y sería capaz de guardar el secreto. Además le dio unas rocas curiosas y le explicó que era piedra filosofal que había tomado de la aldea de Eva. Le explicó cómo utilizarla para mantener el fuego de la propulsión de la aeronave encendido y proveer más potencia al sistema. Ambos decidieron recostarse para poder descansar un poco pues, en cortas horas, Alonzo debía zarpar.

Temprano en la madrugada, Alonzo se levantó para comenzar a prepararse. Su madre había estado despierta toda la noche preparándole un atuendo. Unos pantalones anchos y muy cómodos color crema; una camisa elegante, de manga y torso largos, en color azul marino con botones color oro; unas botas en cuero color marrón que habían pertenecido a su padre en sus años de juventud; un cinturón en cuero, del mismo color de sus botas. Su madre le dio la vestimenta para que se preparara, mientras su padre se levantó y buscó su mejor cuchilla de pesca. Tenía una empuñadura en madera de caoba de alta calidad, con unos detalles grabados en oro, y un filo de unas 6 pulgadas. Se la entregó a su hijo con una baqueta de cuero que podía ajustar a su cinturón.

Salieron hacia el puerto, donde sus hermanos y Eva le esperaban. Damián estaba a bordo de la nave, haciendo las últimas revisiones. Ya se había rumorado en todo el pueblo que el extraño barco zarparía hoy, por lo que muchos vinieron a ver el espectáculo. Alonzo, con su traje de gala, la navaja ceñida en el lado derecho de su cinturón y una funda de cuero con los cristales de piedra filosofal en el lado izquierdo, andaba acompañado por sus padres. Al llegar al muelle, recibió muchos apretones de mano y palmadas de apoyo en la espalda por personas del pueblo. Algunos le llevaron flores, comestibles y provisiones adecuadas para el viaje. Le dieron una despedida de héroe al niño serio y amistoso que había ayudado a muchos con su vía y locomotora; el niño que ya era todo un joven. Abrazó a su padre y a sus hermanos, y cuando fue a abrazar a su madre, le dio un beso en la frente; a ella le brotó una lágrima de su ojo y un tierno suspiro de amor.

Luego, dispuesto a la aventura, subió al barco. Allí esperaba por él Damián, que le dio las últimas recomendaciones y le hizo dos regalos.

El primero, unas gafas claras para tapar sus ojos de los fuertes vientos y el agua, con unos lentes auxiliares oscuros, que podía poner en posición para proteger sus ojos de excesos de claridad. El segundo, la pequeña flor confeccionada en bronce, un lirio cala, el mismo que había comenzado su amistad, la cual colocó en el bolsillo izquierdo de su pecho. Con un apretón de mano y un abrazo, se despidieron los dos compañeros de trabajo y aventura, dos grandes amigos. Damián comenzó a bajar del barco, pero se detuvo, se volteó y le dejó saber a Alonso que la nave necesitaba un nuevo nombre, pues no la podía identificar por su pasado nombre para que el Imperio no la reconociera. Alonso preguntó cómo se había llamado anteriormente y Damián le dijo que el nombre había sido "Noctem Verterunt", ya que se había elevado por primera vez de noche. Alonso entonces dijo: "Pues entiendo que los más apropiado es que su nuevo nombre sea Aurora Novus", que significa Nuevo Amanecer. Damián replicó: "Alonso Passano, Capitán de la aeronave Aurora Novus, buen viaje". Y volteándose nuevamente, bajó de la nave.

Una vez todo estuvo listo, el capitán dio la primera instrucción a su copiloto autómata... "Charlie, a todo vapor".

Distancias

Por Nilda Rosario Planas

A tiempo completo

Fuego

Aire

Tierra

Agua

A tiempo completo

Norte

Sur

Este

Oeste

Viajeros

Que a la distancia

Corren a todo vapor

Maquina desafiante

Furor de hierro

A distancias se lleva

Tu corazón muerto

Autómata

Por Nilda Rosario Planas

Amor desierto

Silencio

Acciones repetitivas

Instrucciones dadas

Cables que alimentan tu ser

Amor desierto

Enloquece mi alma

Cada engranaje

Cobrizo de amores desvariados

Lirios te adornan

Mente privilegiada

Amor desierto

Silencioso

Autómata

Versus

Por A.J.R. Planas

(Año 204 del Imperio)

I

"La diablilla se llevó todo", dijo el joyero con un toque de irá y a la vez, incredulidad. "Los collares de perlas, las muñequeras de oro y las sortijas de diamante. Hasta se llevó mi corazón". Comenzó a llorar desesperadamente y el caza recompensas, Jacob Grey, lo observaba seriamente sin decir ni una palabra. Las palabras eran muy familiares para él. La descripción de la culpable también la había escuchado antes.

El joyero la había descrito así: "Su cabello es del color del fuego intenso y el frío otoño a la vez. Su piel es del color de la leche, pero su olor era de miel y rosas. Sus ojos, dos brillantes esmeraldas. Sus caderas podrían engendrar a 3 ó 4 criaturas a la vez y sus pechos albergar un millón de pasiones." Un testigo un poco más objetivo la describió como una mujer de mediana estatura, cabello rojizo, tez blanca, ojos verdes, cuerpo con curvas aunque claramente tonificado, juzgando por sus habilidades físicas. Grey encontró esta segunda descripción mucho más útil que la presuntuosa poesía del joyero.

Eran ya varios meses tras el rastro de Katherine Windgate, ex-capitana de la Fuerza Naval de Britannia del Norte. Como capitán, había sido adiestrada en el uso de diversas armas de fuego, defensa personal, boxeo, esgrima y armas blancas, destrezas de sobrevivencia, rastreo y muchísimas cosas más. Esta era obviamente una fugitiva peligrosa. ¿Qué la había llevado a una vida de crimen? ¿Por qué había abandonado la milicia? Grey no sabía si estas contestaciones eran importantes en su búsqueda, pero después de tanto tiempo tras su rastro, su curiosidad aumentaba.

Windgate había usado sus encantos femeninos para conquistar y luego engañar a un director bancario, un inversionista, un miembro de parlamento y ahora, al joyero. A todos les había robado grandes sumas de dinero y artículos de valor. Todos habían desistido de acudir a las autoridades en vergüenza y preocupados por mantener el secreto de su infidelidad ante sus esposas. Todos estaban pagando grandes cantidades de dinero a este hombre que buscaba fugitivos y los entregaba a quien mejor le pagara.

Cuatro hombres con egos lastimados y cuentas bancarias sustancialmente reducidas gastaban el restante de su fortuna en la mujer causante de sus estados tan fatales. Grey no sabía si estos hombres deseaban recobrar su dinero, obtener venganza o tener una segunda oportunidad con la elusiva Windgate. Por el momento, Grey había guardado silencio sobre los otros hombres que también le pagaban para buscarla. Su plan era primero encontrarla y luego decidir qué hacer con ella. Recibía dinero para gastos de sus ahora cuatro contratistas, pero para él no había conflicto de interés, pues su objetivo era el mismo; encontrar a Windgate. Es difícil estar en búsqueda de más de un fugitivo a la vez. Era muy beneficioso dedicar todo el tiempo a una sola persona, pero recibir paga de cuatro. Si fuese otro el caso, esto podría resultar peligroso para él. Pero estos cuatro hombres querían guardar el secreto y teniendo él acceso a esta información, le proveía cierta garantía, siempre y cuando provea resultados.

El director bancario de la capital, Nueva Britannia, fue la primera víctima. El segundo hombre, el inversionista, vive en la más importante ciudad en el área este de Britannia del Norte, Urbis, la capital cultural y económica del país. El tercer hombre fue el legislador parlamentario, obviamente de Nueva Britannia y ahora, el cuarto hombre atacado es también de Urbis. Esto le daba a Grey un patrón a descifrar.

Un criminal que no oculta su identidad, suele operar en lugares distantes a su hogar, si es que tiene hogar. Lo importante es que no suele pasar mucho tiempo en esa zona, a menos que sea para cometer la fechoría. El director bancario conoció a Windgate, quien utilizaba el pseudónimo de Lady Carlotta, hace un año. Se había presentado como la hija de un noble de Britannia del Sur en una visita de relaciones internacionales en favor de los dos países. Carlotta logró acercarse a él íntimamente hasta poder tener acceso a sus pertenencias más valiosas en menos de tres meses.

El inversionista de Urbis, con mayor experiencia y menos confianza en personas desconocidas, presentó mayor resistencia. Cinco meses le tomó a la falsa Carlotta seducir a este hombre. El legislador fue una conquista fácil, sólo un mes con varios días para completar la misión. El joyero había sido un poco más listo que el político, aunque no mucho más. En sólo dos meses había obtenido lo que quería de él y en menos de un año Windgate, bajo su doble personalidad, había robado y engañado a cuatro poderosos hombres de Britannia del Norte.

Grey realizó investigaciones sobre las vidas de estos cuatro hombres. Cada uno corría en círculos sociales diferentes y ninguno tenía ninguna relación directa o indirecta con los otros. En ciudades tan grandes como Urbis y Nueva Britannia, encontrarse con alguien conocido en la calle es algo de poca probabilidad. Eliminando la posibilidad de puntos de encuentro como clubes sociales, lugares de negocio, restaurantes y centros de diversión en común entre sus víctimas, Carlotta redujo sustancialmente la probabilidad de reencontrarse con una de sus pasadas víctimas. Por lo cual, cada uno fue seleccionado adrede y con pleno estudio de no solo su potencial económico, sino también de sus rutinas diarias y sus escapadas particulares. ¿Cómo es posible que Windgate estuviese engañando a un hombre en Nueva Britannia y estudiando su próxima víctima en Urbis? El estudio se debió llevar a cabo mucho antes, pero de hacer esto, corría el riesgo de algún cambio en la rutina de alguno de los cuatro y no saberlo. Por lo tanto, es más probable que otra persona estuviese en observación de la próxima víctima mientras ella estaba en un trabajo.

Alguna de la información obtenida sobre estos hombres parecía muy superficial, pero ciertos detalles eran específicos, muy precisos para ser meras observaciones. Quien estaba haciendo este trabajo, sabía qué buscar y cómo buscarlo sin ser descubierto. Esto era un trabajo organizado por personas expertas. Llegando a estas conclusiones, Jacob Grey sabía a dónde dirigirse.

II

Solo dos grandes ciudades se habían construido en el estrecho valle del norte de la Britannia Independiente. Eran las dos ciudades más jóvenes en todo el hemisferio. Se fundaron en el año 182 del Imperio, casi 87 años después de la independencia. En el año 200 dos hermanos, arquitectos de profesión, se mudaron de Urbis a las ciudades gemelas. En Urbis habían diseñado algunas de las más lujosas y majestuosas obras arquitectónicas post-independencia. Pero muchos arquitectos ya marcaban territorios en esta ciudad, queriendo imponer sus propios estilos. Los hermanos decidieron entonces mudarse a las ciudades gemelas, cada una de ellas separadas por un amplio lago, el cual a simple vista podía confundirse con una expansión de mar. Uno de los hermanos se mudó a la ciudad al este del lago, Kharybdis; el otro al oeste, a la ciudad llamada Scylla. Ambas eran ciudades pobres, con carencia de ley y orden. Se había convertido en un lugar de escondite y relajación para piratas aéreos, malhechores y jefes de las organizaciones criminales más grandes de Britannia del Norte. Burdeles, tabernas y moteles abundaban en ambas ciudades. También abundaba el crimen, los asesinatos, los juegos de azar, el alcohol, los puros alucinógenos y todo vicio que pudieses imaginar.

Los dueños de los establecimientos más exitosos comenzaron a contratar a los hermanos para remodelar los prostíbulos, casinos, barras; comenzaron construcciones de grandes y lujosos hoteles; los grandes jefes del crimen organizado comenzaron a solicitar grandes edificios para servir como sus oficinas, como si fuesen grandes empresarios de la banca y bienes raíces. Esto comenzó a atraer a poderosos hombre de Urbis, Nueva Britannia y otras importantes ciudades, trayendo consigo dinero, influencia y poder. El jefe más importante de todo Kharybdis comisionó a uno de los hermanos a construir la mejor torre de ambas ciudades. Quería la más lujosa y resplandeciente torre de entre todas las estructuras de las ciudades gemelas. El más poderosos jefe en Scylla al enterarse, comisionó al otro hermano para erguir la torre más alta e impresionante de todas. Quería que su sombra cubriera todo Scylla.

Los dos hermanos comenzaron con sus encargos inmediatamente. En la ciudad de Kharybdis se construyó un edifico de cinco plantas con interiores en lujoso mármol y detalles en oro, un jardín interior con un complejo sistema de riego automático que se activaba con un cronómetro y funcionaba con un complejo sistema de relojería y engranes. El exterior de la torre era circular y los pasillos interiores eran perfectas espirales que ascendían y descendían. El tope exterior era una cúpula de oro que resplandecía con la luz del sol y cegaba a todo aquel que deseaba verla directamente. Era una lujosa construcción; compleja, pomposa y elegante.

La torre en Scylla era un tanto diferente. Aunque de líneas más sencillas y de mayor delicadeza, los pilares eran más altos y gruesos. La torre se elevó a 25 pisos; la más alta construida en toda Britannia del Norte e igual de alta que las torres de Gobierno y Ciencias de Britannia del Sur. Pero esta era la primera torre que tenía un sistema de elevadores automatizados. Con girar una rueda en la cabina del ascensor hasta que el cursor señalara el piso al cual deseabas llegar, en unos minutos el elevador alcanzaría ese piso sin mayor esfuerzo físico de parte del usuario. Ventanas con cristales reflectores lograban que este edificio también brillara, al igual que lo hacía su contraparte al otro lado del lago.

Cada uno de los arquitectos comisionados enfrentó a su contratante. Cada uno le confesó a su respectivo arquitecto que estaba impresionado con el trabajo que había hecho para él, pero que su trabajo palidecía al lado del trabajo de su contraparte. Aunque ambos habían cumplido a cabalidad su cometido y habían desarrollado dos de las piezas arquitectónicas más importantes del hemisferio, ambos fueron asesinados por los criminales insatisfechos y envidiosos del aparente éxito de su rival.

Unos meses antes de esta doble sentencia de muerte, el hermano que vivía en Scylla había sido contratado por el mismo jefe criminal para hacer otra construcción, una de menor escala. El criminal le pidió que diseñara un nuevo burdel, en el cual tendría a sus mejores damas de la noche. Estas damas atendían a los más exclusivos clientes de toda la región. Mientras ellos disfrutaban de placeres momentáneos en sus camas, ellas extraían información sensitiva sobre tratos, negocios, alianzas, extorciones, y muchísimas otras trampas. Usando alcohol o puros alucinógenos los drogaban hasta extraer información sensitiva e importante que su jefe pudiese utilizar. Fue en este burdel, Madame Carlotta's, en el cual Katherine Windgate había encontrado refugio y una nueva profesión.

III

Katherine Windgate había sido siempre una mujer recta. Fue educada en una familia de disciplina. Pero sus padres le habían enseñado que hay una diferencia entre lo moralmente aceptado y lo moralmente recto. "La sociedad cambia según como le conviene", le decía su padre, "pero lo correcto siempre será lo correcto. Si la sociedad y las leyes te dicen que eso es lo aceptado, el cincuenta por ciento de las veces lo aceptado es moralmente incorrecto."

Servir en la Fuerza Naval de Britannia del Norte era para ella más que un sueño; era su obligación y destino. Su padre y su abuelo habían servido antes que ella, ambos altamente condecorados. Su bisabuelo había liderado la pequeña flota de aeronaves de vapor que había enfrentado y derrotado la flota casi cinco veces más grande de Britannia del Sur en la Guerra de Independencia.

Con 18 años de edad, Kate quería entrar a la Fuerza Naval. A diferencia de las mujeres en Britannia del Sur, que eran consideradas como iguales a los hombres gracias a los estándares sentados por la misma familia real, en Britannia del Norte la mujer era casi una posesión de su padre y luego de su marido. Los ricos coloniales establecidos en Britannia del Norte habían deseado su independencia de la corona, pero querían ser los propios reyes de sus territorios, esclavizando a aquellos que consideraban sus inferiores. Pero la familia Windgate era muy diferente en ese sentido. Entre sus ancestros se encontraban damas destacadas como su bisabuela, quien mientras veía a su joven esposo sobrevolando los aires en lucha contra el enemigo, compuso lo que se convertiría en el himno de la Nación Independiente de Britannia del Norte y confeccionó la bandera oficial; su abuela había fundado la primera escuela para niñas en el país, de la cual se graduaron su madre y varias tías, las cuales se habían convertido en profesionales de la enseñanza antes de tan siquiera haberse casado. Pero nunca una mujer había entrado en el servicio militar.

Kate fue aceptada a la Universidad Naval por ser parte de una familia de militares tan reconocidos, pero bajo la advertencia de que no sería tratada igual que sus compañeros varones. No tendría derecho de participar de las actividades físicamente más complejas y nunca vería servicio militar en un campo de batalla o una aeronave, solamente en una oficina de servicio militar, centro de cuido o algo por el estilo. Por no poder participar de todas las actividades tampoco podría aspirar a obtener ningún rango militar.

En su primer año, Kate logró convencer a uno de sus instructores que le permitieran participar de las competencias de esgrima. Luego de que el instructor la pusiera a prueba ante él mismo, y luego de muchas protestas de superiores y compañeros, Katherine Windgate ganó el torneo de esgrima, superando a contrincantes que incluían miembros de la clase graduanda. El segundo año logró que le permitieran participar de la competencia de tiro con arco y flecha y la competencia de tiro a distancia con revólver. En el segundo semestre, logró entrar a la competencia de boxeo, en la cual obtuvo un segundo lugar luego de una controversial decisión de los jueces. De ahí en adelante, Windgate participó de toda prueba y competencia. Logró terminar sus estudios en cuatro años al igual que sus compañeros, a pesar de que había estado atrasada por las restricciones que le impusieron en sus primeros dos años. Obtuvo su grado de Inteligencia Naval con los más altos honores y distinciones en casi todas las competencias atléticas del currículo.

Sargento, Primer Sargento, Copiloto, Piloto, Teniente, Teniente Comandante, Comandante y Capitán en seis años era un logro para cualquier militar en servicio activo. Para la primera mujer en servicio activo era romper todo esquema antes establecido. Pero luego de tantos logros, algo catalogado como "*Clasificado*" ocurrió y una brillante carrera fue tronchada. Aquí termina el expediente, dando una visión más clara de quien era Windgate, pero dejando una gran incógnita por aclarar.

IV

Katherine Windgate llegó a las facilidades de Madame Carlotta en tempranas horas de una fría mañana de invierno. Era el único establecimiento que parecía estar abierto y donde había personas despiertas. La confusión de los golpes que había recibido unas horas antes no le permitieron percatarse que estaba tocando a la puerta de un burdel. Apenas podía ver el lugar, pues sus ojos estaban hinchados de tan brutal paliza y su rostro estaba cubierto en sangre.

Cuando tocó a la puerta una de las damas le abrió y, al ver su apariencia, rápidamente llamó a la madama. Al acercase la patrona del establecimiento, ordenó que todos los "invitados" abandonaran las facilidades inmediatamente. Luego, con la ayuda de otras damas, la movieron a una alcoba cercana en el mismo primer nivel y la colocaron en la cama. Limpiaron sus heridas, vendaron las más profundas, lavaron su rostro, brazos y piernas. Revisaron si había sido ultrajada (afortunadamente no lo fue) y la cubrieron con sábanas limpias y recostaron su cabeza en colchones blandos. Trataron de que tomara un poco de té y luego la dejaron que descansara.

Cuando el sol había salido y era más de media mañana, despertó la joven de su sueño; la madama esperaba sentada en una silla a su lado. Casi sin poder hablar preguntó dónde estaba y la madama le respondió sin grandes detalles que en el burdel de Madame Carlotta. Kate preguntó entonces: "¿Y quién es usted?" La madama respondió en voz dulce pero con un leve aire de orgullo "Yo, cariño, soy Madame Carlotta". Luego Kate preguntó: "¿Y quién soy yo?" Ante esta pregunta, la madama no encontró respuesta. Le dijo entonces: "Descansa, niña. Iré a decirle a mis chicas que te preparen algo de comer. Mientras tanto, descansa." En ese momento salió de la alcoba y le indicó a una de las damas que buscara entre las pertenencias de la chica y tratara de encontrar algo que la identificara. Al buscar en los bolsillos del abrigo que llevaba puesto la noche anterior, encontraron algo que ella había escondido... una Medalla al Valor de la Fuerza Naval dedicada a K. Windgate.

Carlotta se dirigió a su oficina privada, tomó el transmisor auricular y llamó a uno de sus clientes, capitán en la Fuerza Naval. Le confirmó que se debía tratar de Katherine Windgate, de la conocida familia militar, que había sido expulsada de la milicia hacía solo dos días. El capitán terminó la conversación advirtiéndole a la madama que si alguien le había hecho esto, era posible que la estuviesen buscando para hacerle algo peor. El capitán le pidió que por favor no lo contactara más para este asunto y cortó la comunicación.

Los próximos días, Carlotta y las otras damas del burdel cuidaron de Kate. Trataban que la joven recobrara su salud y su memoria. Estaban siempre al tanto de cualquier persona que pudiese estar rondando las calles buscándola y Carlotta buscaba discretamente alguna pista de por qué había sucedido esto y si tenía algún familiar que la estuviese buscando. Todos los familiares de Kate habían perecido ya. El último, su padre, falleció poco después de que su hija había ascendido al puesto de Teniente hace dos años atrás. Las razones de su expulsión y su paliza continuaban siendo desconocidas.

Los meses pasaron y Kate fue restableciéndose en salud y comenzó a recordar ciertos aspectos de su vida. Recordaba a su familia, su entrenamiento, sus primeros años de servicio. Pero la razón de su destierro militar y de la brutal golpiza permanecían ocultos en un lugar muy profundo de su memoria... un lugar que no podía alcanzar.

V

Jacob Grey desconocía los detalles específicos de esta historia, pero sabía muy bien que la gran mayoría de las personas que caían en desgracia o mala fortuna en Britannia del Norte, eventualmente llegaban voluntaria o involuntariamente a Scylla o Kharibdes. En el caso de las mujeres, sobre todo las más atractivas, era probable encontrarlas en algún burdel o prostituyéndose en las calles. Tratándose de una mujer acostumbrada a superar momentos arduos, era difícil visualizarla cayendo en una vida de resignación por debajo de los estándares trazados por sus ancestros. Pero nadie conoce lo que hay dentro de una persona hasta su momento de mayor tribulación. Alguna pieza del rompecabezas de Katherine Windgate podía faltar que impedía ver claramente el cómo y el porqué. Siendo este el caso, el escenario más común era la mejor alternativa para comenzar su búsqueda.

El tener contactos en las calles y los burdeles sería de gran ayuda para agilizar el proceso. Grey no era cliente fijo de estos lugares, pero ocasionalmente proveía protección y ayudaba a las chicas a solucionar problemas. A cambio, ellas le proveían información y en raras ocasiones, compañía.

Caminar por las calles de las ciudades gemelas era algo de costumbre para Grey. Aunque algunas estructuras eran características de una u otra de las ciudades, la mayoría de las calles podían aparentar ser una copia de todas las demás calles de ambas ciudades, como si fuese una repetición sin fin. Un confuso laberinto de adoquines y edificios manchados, callejones olorosos a orines y heces fecales, la tenue lumbre de las linternas de gas tratando inútilmente de cortar a través de la espesa neblina y la impactante noche sin estrellas. Los sonidos de cascos, herraduras y ruedas de madera sobre adoquín encubren los sonidos perversos de sexo y crimen en las tenebrosas esquinas. Los rostros en la noche son como demonios, con maldad en sus ojos; o como autómatas, sin alma ni conciencia.

Es una noche como todas las noches en las ciudades gemelas. Noche no apropiada para las almas puras. Noche de rufianes, malhechores, noche de perversiones. Grey no es un bandido, un criminal ni un pervertido. Pero no teme ensuciarse las manos para lograr lo que necesita. No es un hombre falto de moral, pero su código dista mucho de los estándares de lo bueno y lo malo.

En estos momentos, su atención estaba puesta en encontrar a Windgate y su entorno es inconsecuente en todo sentido menos que en alguno de estos lugares se escondía su fugitiva y que alguna de estas personas tenía información de utilidad para él. Al menos, esa era su sospecha.

Comenzó a buscar sus contactos. Algunos respondían a ser comprados con dinero o puros alucinógenos, otros preferían que Grey les debiese un favor. La gran mayoría eran muy complacientes si Grey aplicaba algo de violencia con ellos y algunos sólo necesitaban la amenaza de violencia. Hasta el momento ninguna de estas estrategias había funcionado, lo cual le decía que muy pocas personas (quizás ninguna) sabía el paradero de Windgate. De hecho, ninguno había dado ni la menor pista de saber de quién hablaba.

Era necesario interrogar a las damas de la noche. Pero la metodología con ellas era completamente diferente. Grey era un hombre imperfecto en casi todo sentido de la palabra, pero se comportaba como un verdadero caballero. Inclusive en las raras veces en las que buscaba compañía con alguna prostituta, su manera de tratarlas era con respeto y consideración. Siempre trataba que la noche fuese para ellas tan placentera como para él. Su trato era firme y sutil a la vez. Nunca utilizaba palabras soeces ni insultos al tratarlas. Y fuera de la cama, su trato era siempre uno profesional.

Luego de algunos intentos infructuosos con algunas prostitutas de las calles, decidió acudir a su burdel principal, Madame Carlotta's. Grey y Carlotta tenían historia, aunque nadie estaba seguro qué había ocurrido entre ellos. Lo que sí sabían las chicas del burdel era que su madama respetaba y tenía un cariño particular por Grey. Todas tenían instrucciones de tratarlo como persona de gran importancia. Además, muchas de ellas habían recibido en algún momento protección o algún otro tipo de ayuda de él, lo cual también le había ganado el cariño y respeto de todas.

Cuando Grey llegó y tocó a la puerta lo recibieron, como de costumbre, como un cliente de importancia. Las chicas venían a besarlo y abrazarlo, pero él permaneció casi estático, manteniendo su concentración en la razón de su visita. La madama salió a saludarlo, no sin antes haberse retocado. Le dio un fuerte abrazo, el cual el hombre se vio obligado a reciprocar debido al respeto mutuo. Ella rápidamente le dio un beso en la mejilla y le preguntó el por qué de su visita, pero antes de que pudiese contestar, divisó su presa.

Instantáneamente Grey sacó de la baqueta su revólver de diez balas, diseñado especialmente para él por un amigo ingeniero hacía unos años. Lo apuntó hacia Windgate, quien había salido de su alcoba sin percatarse que tenían visita. Ella saltó del tope de las escaleras y cuando cayó en el suelo del primer nivel, se incorporó rápidamente y tomó el perchero donde usualmente se colocaban los abrigos de los clientes. En dos ágiles movimientos se había colocado justo frente a Grey, quién no había disparado para no herir a ninguna de las damas. Katherine realizó un movimiento circular con el perchero y desarmó instantáneamente a Grey. Lo golpeó con el perchero una vez en el pecho y una vez en el rostro antes de que Grey le echara mano al perchero y se lo quitara. A todo esto, Madame Carlotta le gritaba a ambos que se detuviesen.

Intercambiaron golpes, los de Windgate eran rápidos y certeros, los de Grey eran bruscos y potentes, aunque a veces erráticos. Kate pateó a Grey en sus genitales pero esto no lo detuvo. En su ira, tomó a

Windgate por la garganta y la levantó del suelo. En ese momento Carlotta se interpuso entre ambos cuerpos y le dio dos manotazos fuertes a Grey en su rostro. En este momento sus ojos, que parecían estar poseídos al igual que todo él, dejaron de mirar a la prófuga y se enfocaron en la madama. Según su rostro cambió, fue soltando su fuerte agarre del cuello de Windgate y se tranquilizó. Ella volvió a golpear su rostro y la madama se volteó y le gritó con aún mayor ímpetu "basta". En ese momento, ambos casi se desplomaron y cayeron al suelo. Windgate tenía un labio hinchado y sangrando. Grey tenía varias marcas que en poco tiempo se convertirían en hematomas, su ojo izquierdo estaba hinchado y en su lado derecho tenía una herida bastante profunda a menos de una pulgada del ojo.

- "¿Qué demonios estás haciendo?"- Preguntó enfurecida Carlotta.

-"Vengo aquí buscándola a ella", respondió Grey. "Estoy buscándola desde hace muchos meses."

-"¿Y quién eres tú?"- Preguntó confundida Windgate. "Nunca te había visto."

-"¿Por qué la estás buscando?"- Interrumpió Carlotta. "Grey, guarda tu arma ahora mismo. Sabes que te aprecio y te respeto, pero esta es mi casa y aquí se siguen mis reglas. Kate, relájate. Mientras estés aquí, Jacob no te tocará. Ambos a mi oficina… ¡AHORA!"

Carlotta le dio instrucciones a sus chicas que cerraran el burdel. Nadie estaba permitido a entrar ni salir bajo ninguna circunstancia. Le ordenó a una de ellas que buscara agua, toallas, ungüento desinfectante y bandas para las heridas de Grey y Windgate.

Compuso su cabello un poco, ya que en el estruendo se había desarreglado y luego de respirar profundo, entró en su oficina donde aguardaban los dos combatientes. Estos se miraban fijamente a los ojos, en completa alerta a los movimientos del otro. No era una mirada de riña de niños de primaria, sino de dos adultos dispuestos a prescindir de la vida del otro en cualquier momento.

En tono firme, Madame Carlotta pidió cuentas a Grey de por qué utilizó violencia en su establecimiento y por qué buscaba a esta joven. Grey sintió ganas de explotar, pero la mirada seria de Carlotta le indicó que nada fuera de una explicación le seria permitido en esta ocasión. Grey comenzó a narrar la historia de los robos de Windgate a sus clientes. Cuando aún estaba a menos de la mitad de su relato, Carlotta lo interrumpió: "Pero, ¿cuál de esos desgraciados te contrató? ¿El joyero, el inversionista, el director bancario o el político?".

Grey quedó sorprendido, pero casi inmediatamente entendió; la ayuda de planificación que Windgate había recibido la había proporcionado Carlotta y sus chicas. Carlotta era un nombre poco utilizado en Britannia del Norte, siendo Madame Carlotta la única mujer de fama con este nombre. Pero que Windgate se hubiese hecho pasar por una importante dama de Britannia del Sur llamada Carlotta era ingenioso, pues en ese país era un nombre muy utilizado entre la nobleza.

"¿Son tus clientes? ¿Los cuatro?", preguntó Grey, tratando de atar cabos. "¿Por qué ellos? ¿Qué intentan lograr?", continuó.

Carlotta entonces le hizo su relato. Le contó cómo habían encontrado y ayudado a Kate, como ella no podía recordar quién era y poco a poco han descubierto lo que le sucedió. Le habló sobre estos cuatro hombres, clientes de su burdel. El político que no quiso pagar por su noche de placer y amenazó con cerrar las operaciones del negocio. El inversionista, a quien una de las chicas le negó algo por no sentirse cómoda y él, en respuesta, llevaba meses utilizando su dinero para cerrar el burdel. El director bancario, que utilizó una supuesta cuenta atrasada para obligar a la misma Carlotta a acostarse con él para saldar su deuda. Y finalmente, el inocente joyero, que llegó con un collar de perlas, se lo regaló a una de las chicas y ella decidió corresponderle. Luego de hacerle el amor, estando en su cama, la golpeó; le arrancó el collar y salió huyendo antes que nadie se diera cuenta.

Pero esto era más que un trabajo de venganza. Había un propósito superior. El burdel ya tenía muchos enemigos. Pero el peor de todos era el hombre más poderoso de las ciudades gemelas... Amos Blackwood.

Blackwood no era civilizado ni inteligente en sí; era un bárbaro con malicia. Asesino, narcotraficante, dueño de la mayoría de las propiedades de Scylla y Kharybdis, controlaba casi toda la droga, las apuestas legales e ilegales de la región y gran parte de la prostitución. Cuando sentía que algo interfería con sus intereses, Blackwood simplemente lo removía, como lo hizo hace un tiempo atrás, cuando removió a un poderoso rival y tomó control de casi todo Scylla. Blackwood, junto a estos cuatro hombres habían llevado a Madame Carlotta's no solo a una situación económicamente difícil, sino que también habían comenzado a atacar físicamente a sus chicas, a dejarlas golpeadas y ultrajadas en las calles, e inclusive, enviando hombres al burdel que las herían o mataban en sus propias alcobas.

"¿Por qué no me avisaste que las cosas andaban tan mal?", preguntó destruido Grey. Siempre lo habían llamado para ayudar en las malas situaciones y no entendía por qué esta vez era diferente.

El plan era robar dinero de estos hombres para que Windgate pudiese comprar una aeronave y todas las chicas pudiesen ir en exilio a un nuevo destino. Estas mujeres habían logrado mucho, Windgate como militar, Carlotta como empresaria y sus damas en una profesión que para muchos era una moralmente cuestionable, pero en la que ellas se sentían tranquilas. Su paz interior había sido arrebatada por otros, en el caso de Windgate ella ni siquiera recordaba quién ni por qué. Pero esto las unía a todas en una causa común. En algún momento Madame Carlotta's fue en un lugar seguro para ellas. Pero ahora que Blackwood había tomado control de Scylla, las cosas habían cambiado en la ciudad.

Grey no entendía muchos de los detalles, pero con la situación mucho más clara, su decisión fue fácil. Pidió disculpas a ambas damas y le explicó a Kate que no tenía nada personal contra ella, que solo era parte de su trabajo, pero que aquí culminaba su cacería. Buscaría la manera de ajustar cuentas con sus cuatro clientes para no afectar su reputación como caza recompensas. Pero estos hombres recibirán de él justa recompensa por sus crímenes; esa fue su promesa a Carlotta. Pero antes, deseaba saber cómo les podía ayudar.

Carlotta le dijo que ya todo estaba listo para que Kate completara la transacción para obtener la aeronave. Sus chicas tenían todo preparado hace varios días para poder abordar la nave en poco tiempo con las pertenencias más importantes y necesarias. El plan estaba casi completado. Pero había aún una grave situación de por medio.

VI

Jacob Grey había reaccionado a la noticia de manera muy agresiva, algo que Carlotta esperaba, pero Katherine no. No podía creer que este hombre se preocupara tanto por las chicas de Madame Carlotta's. Pero más aún le sorprendió ver como este hombre tomó unos minutos para calmarse, pidió un té, se sentó con calma a consumirlo mientras pensaba y luego de unos minutos en contemplación meditativa les dijo "Yo me encargo" y salió inmediatamente.

Era momento de ella hacer su parte. Madame Carlotta quería que alguna de las chicas la acompañara, pero Kate no quería poner en riesgo a nadie. Le dijo que ella podía defenderse sola y que una vez la nave estuviese en su posesión, no necesitaría ayuda para elevarla y navegarla. Era una de esas pequeñas naves con sistemas automáticos. Sería algo incómoda para tantas chicas, pero sería fácil navegar sin una tripulación adiestrada.

Los "bloomers" le parecían muy llamativos y poco prácticos, por lo que Kate siempre usaba pantalones de hombre, un corsé bien ajustado y una blusa con poco encaje. Esta noche se pondría una capucha para tratar de ocultar su identidad lo mejor posible. Llevaba consigo su espada en la vaina y un par de revólveres cargados. El burdel estaba cerca del puerto, por lo que no era necesario ningún método de transportación. Las calles en la noche eran mayormente solitarias, particularmente la ruta que escogió para llegar a su destino. Si alguien notó su presencia en el camino, a nadie le interesó.

Llegó al muelle donde le esperaba la embarcación y su actual dueño. Este le debía mucho dinero a Blackwood y esperaba saldar sus deudas con esta venta. El hombre le mostró la nave a Windgate una vez más. La misma estaba sucia y en necesidad de unas leves reparaciones, pero al menos estaba funcional. Pasó entonces a explicarle el funcionamiento del sistema automático: "El sistema es bastante básico. Tiene brújula, astrolabio y varios instrumentos más, pero el autómata lo hace casi todo por sí mismo. Responde al nombre de Charlie."

"Muy bien, siempre y cuando pueda elevarlo en este mismo momento, aquí está el dinero", respondió ella.

"Lo que habíamos hablado", interrumpió él, "no incluye el autómata".

"Bromea, ¿no?", cuestionó ella.

"Así son los negocios, muchachita", respondió él.

Ella solo ripostó con dos golpes fuertes a la cabeza, que lo dejaron inconsciente. En una movida astuta y a la vez generosa, lo lanzó por la borda y lanzó el pequeño saco de cuero con el dinero. Y dijo: "Charlie, eleva el ancla. Asenso a 90 grados, 200 pies de altura y costa adentro. Vamos en busca de las chicas."

VII

Otra calle solitaria, idéntica a todas las demás. Neblina y sombras levemente contrarrestadas por los faroles de gas encendidos. El escenario es diferente, pero la escenografía y la escena en sí son las mismas de todas las noches. Tinieblas a la vista; terror y suspenso como emociones; crimen, el desenlace esperado.

Jacob Grey llega a la casa que le habían indicado. Estaba dispuesto a entrar a esta jaula de lobos por pocas personas en este mundo; ella era una de esas. Todo estaba apagado y silencioso. Luego de recorrer la circunferencia de la misma, encontró una puerta de madera en la parte trasera de la casa que parecía bastante frágil y decidió hacer por allí su entrada.

Hacía mucho tiempo que no la veía. La había conocido de joven, casi de niña. La había protegido como tal. La rescató de las calles y la llevó a Carlotta para que la cuidara. Carlotta la cuidó, la educó, le enseñó las realidades de la vida y le dio las herramientas para enfrentarla. Él le dio cariño y comprensión. Cuando había crecido, ella intentó darle su amor, pero el aún la veía como la inocente niña que había conocido. El amor del uno para el otro nunca fue el mismo, pero siempre ha habido amor entre ellos. Ese amor era el que lo traía aquí ahora, a la casa del hombre más importante y peligroso de las ciudades gemelas, Amos Blackwood.

Parece sorprendente, pero no había nada de seguridad en toda el área. Dado que todo estaba apagado y en silencio, Grey asumió que Blackwood había salido de la casa y con él, todo su equipo de seguridad. La entrada del servicio de seguro hubiese estado cubierta por algún guardaespaldas si Blackwood estuviese en la casa y al no haber nadie, Blackwood sentía que sus pertenencias serian respetadas por miedo a represalias, aparte que casi todos los criminales del área trabajaban para él.

Si ella estaba aquí, de seguro estaría encerrada en alguna habitación, probablemente amarrada o encadenada. Lo cierto es que la búsqueda debía realizarse con rapidez, en caso de que Blackwood regresara pronto.

Grey revisó con agilidad la primera planta de la casa, la cual estaba casi en completa oscuridad. Los reflejos de Grey estaban en completa alerta y por lo tanto, hacia su búsqueda con la agilidad de un felino. Comenzó a ascender por las escaleras de manera lenta para evitar hacer ruido. Revisó una por una cada habitación. Llegando al final del pasillo abrió una de las últimas alcobas por inspeccionar. Aunque la habitación estaba muy oscura, pudo apreciar una figura en el suelo. Según se fue acercando, notó que era una figura femenina. Acercando su mirada al rostro la reconoció… "¡ANA!" dijo con urgencia y preocupación en su voz.

Su rostro estaba ensangrentado, al igual que otras partes de su cuerpo. Su rostro era casi irreconocible con los hematomas y abultamientos grotescos, marcas de las horas extensas de tortura a la que fue sometida. La habían golpeado, cortado y ultrajado. Grey pronunció su nombre nuevamente y ella abrió sus ojos, ambos hinchados de los golpes. Grey trató de hablar, pero no sabía que decir. Una lágrima corría por su mejilla. Ella dijo lentamente "Blackwood va a Carlotta's. Protege a Kate. Protégelas a todas". Cerró sus ojos pronunciando sus últimas palabras, "te amo".

Grey besó la frente de Ana por última vez. Secó las lágrimas de sus ojos, tomó su revólver y salió corriendo a Madame Carlotta's.

Cuando llegó, todo el lugar era un caos. Revólveres automáticos y armamento semi pesado cargaban el aire de olor a fuego y de un estruendoso sonido que intentaba opacar los quejidos de los heridos en batalla. Las damas de Carlotta's intentaban subir a la aeronave de Kate mientras ella trataba de proveerles cobertura desde la proa con un largo rifle. Los hombres de Blackwood disparaban sin misericordia a las jóvenes y ya dos o tres habían caído muertas y otras cuantas habían logrado subir a bordo de Aurora Novus heridas.

Grey comenzó a disparar por la retaguardia a los hombres de Blackwood con increíble certeza en cada uno de sus intentos. Uno tras otro, comenzaron a caer hasta que el propio Blackwood se percató de lo que sucedía y se arrojó de cuerpo completo sobre él. Grey entró en un forcejeo con Blackwood y se golpearon fuertemente, intercambiando golpes casi equitativamente.

Luego de varios golpes, Grey explotó en ira y comenzó a golpear intensamente el rostro de Blackwood sin este poder ripostar. Uno a uno, los golpes fueron destruyendo el rostro de Blackwood. Fue perdiendo sus dientes y con cada uno, un buche de sangre salía de su boca. Sus mejillas sangraban y uno de sus ojos ni se podía ver ya bajo la piel inflamada y el exceso de sangre que lo cubría. Su nariz también quedó completamente destrozada y los chorros de sangre eran incontrolables. Carlotta era la única de las damas aun en tierra y fue corriendo a donde estaban el cuerpo inmóvil de Blackwood y Grey aun golpeándolo. Luego de varios gritos y tirones a su ropa y brazos, Grey se detuvo. Cuando se volteó, estaba totalmente cubierto en sangre, aunque la mayoría era de su oponente. Sus manos estaban cortadas en los nudillos y sangraban. Su rostro tenía trazos de lágrimas y fue en ese momento que Carlotta entendió… Ana ya no vivía.

Cuando Grey y Carlotta subieron a la aeronave, Windgate dio las órdenes a su autómata Charlie y emprendieron vuelo.

Unos días más tarde en la cubierta, Grey y Windgate cruzaron las primeras palabras amistosas. Windgate le dio su pésame a Grey por la pérdida de Ana, Grey pidió disculpas a Windgate por haberla atacado y ambos hablaron de su preocupación por cualquier represalia por lo sucedido con Blackwood y sus hombres. Ambos acordaron proteger a la madama y a sus chicas.

Pero en la mente de ambos permanecía latente una interrogante: ¿Qué le pasó realmente a Windgate antes de llegar a ser parte de las damas de Carlotta?

Automático

Por A.J.R. Planas

¿Ausencia de vida?

¿Exceso de tecnología?

¿A dónde va este mundo

sin identidad definida?

Siento en mí

Pulsaciones de vida

¿Será mi corazón

o engranajes en movimiento?

Los días se han convertido en rutina

Cálculos específicos

Pensamientos programados

Deliberaciones automáticas

Soy un cuerpo de contradicciones

Soy nada y un todo en la nada

Soy imposibilidades metafísicas

Una mente sin un alma

Soy todo código y enigmas

Pero las preguntas no son mías

Soy análisis y ciencia

Sin espíritu y conciencia

Puedo ver el final

Sin ver el camino

Conozco la dirección

Pero no tengo destino

Soy la visión de un pasado brillante

Y un futuro en tinieblas

Soy progreso y destrucción

Soy el Alfa y la Omega

¿Son estos mis sentimientos?

¿O acaso funciono en automático?

BITACORA DE AURORA NOVUS

Por A.J.R. Planas

Bitácora de Viaje de Aurora Novus

Verano, Año 120 del Imperio

Día Primero

Aurora Novus zarpó temprano en la mañana. Una multitud se había conglomerado a presenciar nuestra partida. Estaban allí mis padres y mis hermanos; mi buen amigo y mentor, Damián, y su esposa Eva. Luego de las despedidas y las últimas recomendaciones de Damián, bautizamos la aeronave con el nombre que actualmente la identifica. Mi copiloto, el autómata Charlie, y este servidor, Alonzo Passano, Capitán de Aurora Novus, nos dispusimos a partir.

La aeronave se apartó un poco del puerto, unos 15 minutos de viaje marítimo, antes de comenzar a elevarnos. Según fuimos adquiriendo altura, sentí el deseo de mirar atrás una vez más. Los que observaban parecían atónitos al ver un barco que flotaba en el aire; el primero que habíamos visto en nuestras costas. Me parece que la expresión de Damián era diferente, puesto que él había navegado antes en este tipo de embarcación. Su expresión revelaba más orgullo que asombro. El rostro de mi padre y mis hermanos expresaba emoción. Pero ninguno como el de mi madre, que expresaba tristeza, pero a la vez expresaba algo más, algo casi indescriptible. Era como si su rostro mostrara una esperanza en el mañana; un deseo de un futuro mejor. Y con esta idea en mi mente, lancé mi mano al aire en gesto de despedida y me fui volteando.

Según me fui volteando, observé atentamente la costa que dejaba atrás. Mi pueblo era uno muy rocoso, árido, de muy poca vegetación, excepto tierra adentro. Mi atención se dirigió momentáneamente hacia el sur, hacia tierras que había podido visitar anteriormente. Podía observar costa hasta un horizonte que parecía no tener fin. Luego, al tornar mi atención hacia el norte, a tierras que aún no había visitado y que no sabía si jamás podría visitar, vi que la extensión de terreno era igual de infinita. Un gran continente sin explorar. Luego mi vista se dirigió hacia el frente de la aeronave, la proa, dejando atrás la popa y el gran continente. Mi atención se dirigió hacia el horizonte, donde solo se divisaba un gran océano y el nuevo amanecer de verano.

El resto del día fue uno de pocas eventualidades. Ocupé mi mente en las tareas de navegar el barco y asegurarme que todo estuviese bien. Esta tarea se hacía mucho más simple con la asistencia de Charlie. El mantener mi mente ocupada me ayudó a controlar el torbellino de emociones en mi: tristeza por dejar atrás mi pueblo, mis amigos y mi familia; emoción por las aventuras que aguardaban por mí. Aun me estaba acostumbrando a volar, una experiencia un tanto diferente a navegar.

Bitácora de Viaje de Aurora Novus

Verano, Año 120 del Imperio

Día Segundo

Al igual que la tarde de nuestro primer día de viaje, el segundo día ha sido uno de pocas eventualidades. A media mañana nos encontramos sobrevolando unos pequeños islotes (unos 5 ó 6), la gran mayoría de ellos eran solo arena con algunas palmas y arbustos extraños. Uno de los islotes (el más grande) parecía tener un poco más de vegetación y unas pequeñas lomas. Algunas aves se elevaron hasta donde estábamos. Si estuviésemos cortos en provisiones de agua y alimento, detenernos en estos islotes podría haber representando el sobrevivir y poder continuar nuestro viaje. Siendo apenas nuestro segundo día de viaje, detenernos representaría solo un retraso.

Ambos días han sido muy calurosos, por lo que mi preocupación inmediata son las raciones de agua y cuanto puedo consumir por día. Este tipo de preocupación me hace agradecer el hecho de que mi acompañante sea un autómata, que no requiere consumir agua.

Bitácora de Viaje de Aurora Novus

Verano, Año 120 del Imperio

Día Tercero

Tercer día con buen clima. Esto significa soleado y sin tormentas, pero eso también representa caluroso y sin restablecer abastos de agua fresca. Aún las reservas nos permiten unos días adicionales con este clima. Trato de permanecer en la cabina o bajo la sombra del zepelín y las velas de la nave durante el día. Disminuyendo mi exposición al sol, mi sed es más controlable y me expongo menos a la deshidratación. Charlie puede navegar con pocas o ninguna instrucción, pues sus sistemas de navegación incluyen compás y barómetro integrados, entre otras herramientas que le permiten "auto navegar". Sin embargo, cada cierto tiempo me gusta corroborar que todo vaya bien. Reviso los sistemas de Charlie y de la aeronave temprano en la mañana y antes de acostarme a dormir.

Descanso unas 4 a 5 horas cada madrugada, pues paso casi toda la noche leyendo un sinnúmero de escritos que Damián me dejó. Algunos de su propia autoría, tratando de prepararme para lo que me espera en Britannia del Sur, otros de autores variados de Britannia del Norte y Sur, los cuales leo simplemente por cualquier conocimiento adicional que pueda obtener de ellos. Algunos son historias de fantasías o de misterios, los cuales leo no solo por entretenerme, sino para practicar los dialectos de estas tierras, los cuales Damián me fue enseñando durante nuestros años de trabajo juntos. Parecería sorprendente el poder entender tantos dialectos, pero todos parecen tener una raíz común con mi idioma natal.

Bitácora de Viaje de Aurora Novus

Verano, Año 120 del Imperio

Día Cuarto

Decidí hacerle hoy una revisión más enfocada a los sistemas operacionales de Charlie. Deseo ser lo más certero en el viaje y Charlie es mi herramienta principal para manejar esta aeronave. Pero según lo revisaba, comencé a observar con mayor detenimiento sus componentes. Cientos, quizás miles de engranajes trabajando en conjunto. Parecen ser un sistema muscular y sanguíneo a la misma vez. Todo funcionando al compás de un reloj, muy matemático, pero a la vez muy musical y rítmico; ciencia y arte trabajando en conjunto. A distancia, Charlie puede parecer una masa esqueletada de algún tono entre dorado y naranja. Pero de cerca, hay detalles de bronce, plata, oro, hierro, acero; puedo imaginar una amalgama de todos los metales en este mundo.

La curiosidad me llevó a remover la cubierta color oro de la parte trasera del cráneo del autómata. Tuve que remover varios tornillos, los cuales saqué con la mayor precaución posible. Con aún más delicadeza, removí luego la placa metálica, asegurándome de no tocar nada del sistema interno. Adentro había un complejo sistema de ruedas el cual, según me había enseñado Damián, llamaban códec. Cada rueda contenía cientos de símbolos, letras y números, algunos de ellos muy familiares y otros que jamás había visto.

Tomé un papel y un lápiz y comencé a dibujar lo que observaba, lo cual no fue fácil. La complejidad del sistema era de por sí una obra de arte. Pero el sistema nunca estaba posicionado en el mismo lugar por mucho tiempo. Las ruedas giraban y cambiaban de posición en cuestión de segundos. Luego de observar un poco me di cuenta que los movimientos se debían a que Charlie estaba constantemente haciendo cálculos, como si estuviese pensando.

Debido a que nuestro viaje continuaba siendo uno sin eventualidades mayores, pasé casi toda la tarde observando el complejo códec, también conocido como una máquina diferencial. Y mientras yo observaba con lupa sus pensamientos, Charlie continuaba con su eficiente navegación.

Bitácora de Viaje de Aurora Novus

Verano, Año 120 del Imperio

Día Quinto

Hoy comencé a leer un libro sobre alquimia y metalurgia. Damián me dijo que esta era la guía más completa en este tema desarrollada por el Imperio y utilizada por los especialistas del Departamento de Metalurgia y Alquimia del Imperio. Sin embargo, también me aclaró que el libro tenía más de 10 años de escrito y la información compilada probablemente estaría atrasada.

El libro habla sobre muchos metales, rocas y minerales. Pero de todos, el más mencionado y al cual se le dedicaba mayor número de páginas en el ejemplar es la piedra filosofal. La misma había comenzado como un mito solamente. Se decía que en el pasado, magos y brujos habían descubierto esta piedra que poseía cualidades maravillosas, las cuales la gente común consideraba magia, no ciencia. Por supuesto, en este tiempo la ciencias eran apenas observaciones de la naturaleza, preguntas que formulaban estos "magos" y los experimentos que realizaban para aclarar sus incógnitas las cuales, una vez contestadas, daban paso a nuevas inquietudes y así el proceso de investigación continuaba. Así se desarrollaron las ciencias, de las cuales la alquimia es una de las más antiguas.

La alquimia comprende el estudio de rocas, metales, minerales, cristales y otras sustancias derivadas de combinaciones de los mismos. Los elementos que provee la tierra pueden ser modificados y moldeados a las necesidades de los humanos. Los alquimistas encontraron usos para todos estos materiales. Con ellos se podía crear arte y herramientas para usos variados. Algunos se podían utilizar para desarrollar explosivos y otras fuentes de energía. Más tarde se desarrollaron muebles y estructuras, al principio muy sencillas, pero cada vez más complejas. Para cada material se encontraron cientos de aplicaciones.

Los rumores dicen que antiguos alquimistas habían encontrado usos maravillosos para muchos de estos materiales. Pero ninguno había tenido tanto impacto como la piedra filosofal. Las leyendas decían que los antiguos alquimistas habían logrado forjar oro de la mezcla de la piedra filosofal con otros materiales. Inclusive se rumoraba que se podía obtener diversos medicamentos y ungüentos curativos con la piedra. Se teorizaba que diversas combinaciones podían no solo curar enfermedades y sanar heridas; también se podría alargar la vida de una persona, atrasar el proceso de envejecimiento y quizás hasta alcanzar la inmortalidad. Pero nada de esto se había logrado en los territorios de Britannia y por lo tanto, eran procesos desconocidos por el Imperio, si es que eran reales.

La piedra filosofal era una especie de cuarzo cristalino, aunque el cristal no era transparente, sino negro. Su apariencia física me llevó a preguntarme porque le llaman “piedra”, cuando realmente no parece una piedra. La contestación según el libro es que a pesar de parecer un cristal, la piedra filosofal es muy fuerte y resistente, muy difícil de partir y en aquel entonces no se había catalogado como tal la diferencia entre rocas y cristales. Los antiguos desarrollaron tantas teorías sobre ella, inclusive que de ella se originó toda vida en el planeta y por esto la catalogaron como "filosofal". Nuevamente, nada de esto había sido comprobado.

Las historias sobre ella eran tan fantásticas y variadas que parecían falsas al leerlas. Muchas cosas eran mitos, pero en Britannia se habían desarrollado muchos estudios científicos que le llevaron a encontrar varias aplicaciones prácticas con la piedra.

Aún me faltaba mucho por aprender, pero ciertamente la alquimia había captado mi atención.

Bitácora de Viaje de Aurora Novus

Verano, Año 120 del Imperio

Día Sexto

El calor se intensifica según nos adentramos más en nuestro viaje y en la temporada de verano. No hay vientos en favor ni en contra de nuestra dirección de viaje, lo que hace que el calor se sienta aún más intenso. Nuestro vuelo es lento, ya que solo nos impulsan los motores de vapor que agitan las turbinas de la aeronave. No deseaba hacer uso de mis raciones de piedra filosofal pues quería conservarlas para una emergencia o para aprovechar su valor una vez llegara a Britannia del Sur. Pero la lentitud de nuestro avance me ha llevado a considerar el usar las piedras como fuente adicional de propulsión.

Quizás es mi ansiedad por llegar a mi destino. Quizás es que en mi mente está la preocupación por las raciones disponibles, sobretodo de agua. La probabilidad de encontrar tierras en el camino es mínima. Dependo de racionar adecuadamente el agua que tengo disponible y de alguna lluvia para poder recargar los abastecimientos.

Necesito agua para la maquinaria de vapor de la aeronave, pero puedo utilizar agua del mar para esto. Sin embargo, la sal puede afectar a largo plazo el sistema de turbinas debido a la posible corrosión. Puede ser que este sea un riesgo que tenga que tomar. Además, Damián me había explicado que el agua de mar produce aún menos presión de vapor que el agua dulce, por lo que nuestro avance sería aún más lento. Debo tomar todo en consideración antes de tomar la decisión.

Mientras tanto, debo controlar aún más las cantidades de agua que utilizo para mi aseo personal, puesto que es más importante tener agua para saciar mi sed; eso es de vida o muerte y por tanto, tiene prioridad. Por el momento tendré también que obviar cualquier limpieza que no pueda hacer con agua de mar. Hacer un descenso para recoger agua también significará aprovechar la oportunidad para tratar de pescar algo. Las raciones de carne ya casi se han agotado, pues era necesario consumirlas antes que se dañaran. Todo esto atrasa el avance de nuestro viaje. Es aparente que ser un buen capitán estriba en tomar buenas decisiones, pero mi inexperiencia es un gran detrimento.

Bitácora de Viaje de Aurora Novus

Verano, Año 120 del Imperio

Día Décimo

Mi día comenzó con mi acostumbrada rutina: aseo personal al despertar; revisar brevemente la situación de vuelo; desayunar para luego hacer una inspección más a fondo de la aeronave, las condiciones del autómata Charlie y la ruta de vuelo; sentarme a estudiar alguno de los libros que me había dejado Damián. Decidí hoy tomar uno de los libros sobre navegación aérea para tratar de encontrar posibles soluciones a los problemas que preveía y así tomar una decisión informada. Sin embargo, mis estudios fueron interrumpidos debido a una nueva situación que requería de mi atención. Estos días me había enfocado en los problemas que veía venir y hoy descubrí que no estaba listo para uno que sí llegó, en el momento menos esperado.

La aeronave tenía un sistema de emisión de ondas, las cuales podían detectar objetos distantes. Estas ondas eran leídas por los sistemas automáticos de Charlie con cierta frecuencia en el día. Un sistema de alarmas señalaba cuando Charlie detectaba algo y a solo unos minutos de haberme sentado a estudiar mi libro, el sistema se activó. No era la primera vez que sucedía, pues se había activado cuando pasamos los pequeños islotes hace unos días atrás. El sistema está programado para recopilar información de objetos que estén por encima del nivel del mar, en cualquier dirección. De bajar al nivel del mar, el sistema se ajustaba para poder detectar objetos bajo el nivel del mar también.

Al encontrarnos sobrevolando, las posibilidades eran que Charlie había detectado: tierra, lo cual era potencialmente positivo para nosotros; o alguna nave, lo cual podía ser positivo o negativo. En cualquiera de los casos, mi atención total debía dirigirse a este asunto.

Busqué en mi cabina el tele lente, un aditamento especial que le puedo colocar a las gafas que Damián me había obsequiado y con este, poder ver a grandes distancias. Me dirigí inmediatamente a proa, pues el objeto se acercaba directamente de frente a nosotros. Cuando observé usando el lente especial, pude ver claramente otra aeronave que se acercaba. La misma estaba tripulada por al menos siete hombres que podía observar. Traté de buscar algo que identificara la nave, pero no podía observar ningún banderín ni nada que los identificara. No estaban uniformados por lo cual deduje que era posible que no fuesen soldados del Imperio, pero sé que podía ser una misión secreta en la cual viajaran sin identificación, como lo había hecho la tripulación de esta nave cuando zarparon de Britannia del Sur hace muchos años atrás. Podían también ser una tripulación proveniente de Britannia del Norte; podían ser marinos mercantes; podían ser piratas. Su origen y propósito de vuelo realmente eran de importancia secundaria para mí cuando recordé que Damián me sugirió el no confiar en nadie durante mi vuelo, ni siquiera al llegar a mi destino. Mi preocupación fue mayor cuando volví a enfocar mi mirada a los tripulantes de la nave y ver que preparaban sus armas para ataque.

Imagino que mi cara palideció y sé que mi corazón se agitó al hacer los cálculos. Su aeronave era un poco más grande, estaba armada con cañones y los tripulantes, que al contar nuevamente eran 9, estaban también armados. Charlie no era un autómata programado para combate, así que sería una defensa de nueve contra uno. Yo no tenía nada de experiencia en combate mano a mano ni con espada; poca experiencia como cazador, pero nunca había herido ni matado un humano. Si la otra nave veía algún movimiento violento de mi parte, probablemente me destruirían con sus cañones sin tan siquiera abordar la nave. Mi única defensa sería el rendirme. Me retiré brevemente a mi cabina para preparar mi entrega.

Unos minutos más tarde salí de la cabina con una manta blanca en una vara de madera como si fuese una bandera; el clásico signo de entrega pacifista. Su aeronave se fue acercando lenta y cautelosamente. La nuestra se había detenido por primera vez desde que habíamos zarpado, luego de haberle dado la instrucción correspondiente a Charlie. En menos de una hora ya habían hecho su acercamiento. Ya podía ver sus rostros, cansados por un aparente largo viaje, enrojecidos por la exposición al sol, con barbas largas y descuidadas; eran rostros casi barbáricos. En sus ojos había hambre y sed, violencia y destrucción.

Acercaron su nave lo más posible, utilizando unos garfios de metal sujetados a cuerdas gruesas y utilizaron una plancha de madera para crear una especie de puente entre su máquina de guerra y mi embarcación exploradora. Cuando comenzaron a abordar, subí lentamente mis manos al aire con las palmas abiertas, para mostrarles que no llevaba conmigo ningún arma. No dijeron nada. Dos de ellos se colocaron tras de mí, otro justo en frente. Uno de los dos en mi retaguardia agarró mi bandera improvisada y con el palo de madera, me golpeó por detrás de las rodillas, haciendo que me hincara en el suelo. Un dolor agudo tanto en la parte posterior como delantera de mis rodillas casi me hace gritar, pero logré controlarme. Otros dos de los intrusos que habían abordado entraron en mi cabina y casi inmediatamente salieron con unas cantimploras en mano. Cada uno tenía una abierta y habían comenzado a beber de ellas. Dos cantimploras más que habían obtenido de mi cabina las repartieron a los demás. Una se la dieron al hombre frente a mí. La otra la lanzaron a uno de los que había permanecido en la otra nave y los otros cuatro tripulantes comenzaron a pelearse por ella. Los dos que me observaban a mi espalda protestaron a los dos que habían entrado en mi cabina y cada uno le dio una cantimplora al otro, aunque de mala gana. Los tripulantes de la otra nave comenzaron a gritarles a sus compañeros lo que pude interpretar como una solicitud de que consiguieran más agua, puesto que una cantimplora no era suficiente para cuatro. Los dos que habían ido en busca a mi cabina regresaron allá para traer nuevos abastos para sus compañeros. Bajo otras circunstancias me estaría preocupando por mis abastos de agua, pero comprendí que tenía problemas más inmediatos.

Cuando regresaron de la cabina, los dos individuos traían varias valijas de cuero donde almacenaba cantidades amplias de agua. A mí estimado, ya habían sacado más de la mitad de mi ración restante. Luego que bebieron hasta saciar la sed me preguntaron dónde podían encontrar comida y más agua en el barco. Hablaban un dialecto muy similar al de Damián, pero había ciertas diferencias. Posiblemente provenían de Britannia del Norte. Traté entonces de ganar algo de tiempo y dar algo de importancia a mi vida. Les indiqué que había no solo agua y comida escondida en el barco, sino que también había grandes tesoros, los cuales podrían obtener si me daban un trato adecuado. El hombre que estaba frente a mí, que asumo era el líder de la tripulación enemiga, me golpeó fuertemente en el rostro. Por un momento sentí como si mi cara se hubiese adormecido. Pero casi inmediatamente comenzó un fuerte dolor donde me había golpeado y comencé a sentir el sabor de hierro en mi boca. Sentí la necesidad de escupir y lo que salió fue una viscosidad escarlata y transparente, mezcla de saliva y sangre.

Todos los malandros seguían exigiendo más agua, por lo que su líder desenvainó una navaja y me la puso al cuello. Me amenazó de muerte si no le indicaba donde podían encontrar más agua. Les dije entonces que en la sala de aseo de la cabina que habían rebuscado encontrarían un poco más. Uno de los invasores entro y salió inmediatamente con dos vasijas de porcelana llenas de agua. Nuevamente y esta vez ejerciendo más presión de la navaja en mi cuello, me exigieron más agua. Les indiqué entonces que en la cabina del lado encontrarían lo que quedaba de agua.

Entraron y salieron de la alcoba con los abastos que le había indicado y continuaron consumiendo e intentando saciar su sed. Cada uno consumió casi el doble de mi ración diaria de agua. El hombre frente a mí, por alguna razón que no puedo explicar, comenzó a golpearme una vez terminó su ración de agua. No me hizo más preguntas, no me exigió nada más. Solo comenzó a golpearme, como si se sintiera reanimado y revitalizado por el agua, pero como si su único fin para vivir fuese la destrucción. Por primera vez en mi vida me enfrentaba a un mal que nunca había conocido. Me enfrentaba a la locura desenfrenada, a la violencia sin propósito y sin nombre.

Me golpeó tantas veces que perdí la cuenta; casi quedo inconsciente. Perdí toda mi fuerza y caí completamente al suelo. Sus compañeros continuaban apoyándole y exhortándole a que continuara con la tortura. Pero no había nada que yo pudiera hacer para defenderme. Solo podía esperar y aguantar.

De repente, mis ruegos internos parecieron ser escuchados. Los malhechores comenzaron a quejarse de dolores, a retorcerse, algunos comenzaron a toser fuertemente, otros comenzaron a sangrar por la boca. Su dolor se intensificaba casi al mismo paso que su confusión. Comenzaron a caer al suelo. Entre gritos y maldiciones de unos y otros no se podía entender claramente lo que decía ninguno a excepción del que estaba más cercano a mi; mi atormentador. Me reclamaba qué le había hecho a él y a sus hombres, entre llantos y quejidos de dolor. En ese momento grité a Charlie que encendiera las turbinas y girara hacia babor, puesto que la otra nave había hecho su acercamiento por estribor. Cuando la Aurora Novus comenzó a moverse, escuché como las sogas que nos sujetaban a la otra nave comenzaron a partirse. Escuché también la plancha de madera hacerse trisas. Levanté mi rostro levemente y cuando vi que habíamos logrado una distancia segura de la nave invasora, grité a Charlie nuevamente que regresara a la ruta marcada y, una vez en ella, resurgiera vuelo a todo vapor. En ese momento, me desplomé por completo y caí inconsciente.

Cuando desperté era de mañana. Asumo que permanecí inconsciente por más de doce horas, ya que los sucesos antes narrados ocurrieron entrada la tarde de lo que creo fue el día anterior. Espero que no haya sido más de un día que estuve inconsciente. Me levanté del suelo lentamente, pues casi todo mi cuerpo estaba adolorido. No solo había recibido golpes en la cara. También habían pateado mi abdomen, espalda y piernas. Estaba seguro que mi cuerpo debía estar forrado de hematomas, aunque aún no había podido observar los daños hechos. Me dirigí lentamente a mi cabina y con mucho cuidado me agaché para remover unas tablas de madera del suelo. En ellas había escondido algunas reservas adicionales de agua, las últimas en toda la nave. Me dirigí a mi cuarto de aseo personal y utilicé un poco de agua para limpiar las heridas de mi rostro. Tuve que remover bastante sangre seca y luego utilicé un poco de alcohol para desinfectarlas. Utilicé varios vendajes para cubrir algunas heridas más profundas que reanudaron el sangrado luego de limpiarlas. Eché un breve vistazo a mi cuerpo que, aunque adolorido y de seguro lleno de contusiones, pero no sangraba con heridas profundas. Creo que tenía una o varias costillas seriamente lastimadas, por lo que me puse un vendaje alrededor de mi abdomen para proveer al menos un poco de soporte.

Salí de la cabina y me dirigí inmediatamente a donde estaba Charlie. Debía revisar el estatus de nuestro vuelo, aunque Charlie no había dado ningún indicio de que algo estuviese mal. Mi copiloto estaba en perfecto estado ya que los malhechores ni siquiera se habían acercado a él. Revisando la situación de vuelo, descubrí que básicamente estábamos en la ruta correcta y que habían sido no 12 sino más bien 36 horas de vuelo luego del ataque, por lo que deduje que sí estuve inconsciente por más de un día.

Luego mi atención se tornó a mis atacantes. Había cinco cuerpos a bordo, y asumo que los otros cuatro permanecieron en la nave que quedó varada. Tenía que mover los cadáveres para lanzarlos por la borda, pues ya estaban malolientes debido al proceso de putrefacción. No sería fácil, mover y levantar cinco cadáveres de hombres más grandes y pesados que yo, sobre todo con mis heridas y mis costillas lastimadas, pero era absolutamente necesario que estos cuerpos en podredumbre no permanecieran ni un día más en mi nave.

Según los movía, pensé en las circunstancias que nos habían llevado a esto. Ante el inminente ataque y debido a una escases de posibilidades de defensa efectiva, mi única alternativa era buscar atacar su mayor debilidad. Con tantos hombres a bordo, probablemente navegando por muchos más días que yo, era muy probable que estuviesen hambrientos y sedientos. Al abordar mi nave, era lógico pensar que irían tras los abastos de agua primero, buscando satisfacer la más esencial de las necesidades.

Recordé unas breves lecciones de alquimia que había leído hace unos días atrás. Recordé leer sobre arsénico. El elemento representado por una primera pirámide invertida y una segunda cuya base está incompleta. El arsénico en su forma líquida puede ser mortal. Recordé ver un recipiente marcado con este mismo símbolo en una gaveta en mi habitación. Damián me había dicho que la tuviera siempre a bordo para matar ratas o cualquier otro tipo de plaga que pudiese invadir la aeronave. Estoy seguro que un grupo de hombres tratando de apoderarse de Aurora Novus no es lo que él tenía en mente, pero se ajustaba a la situación. Tomé unas pocas reservas de agua limpia y las guardé lo mejor ocultas que pude. Las reservas de agua que quedaron a simple vista recibieron una buena dosis del arsénico líquido, preparado en una solución incolora, inodora y sinsabor, perfectamente disfrazada para mezclarse con el agua. Las grandes cantidades de agua contaminada que ingirieron fue el sello de su muerte y mi momentánea victoria.

Su envenenamiento fue relativamente rápido, pero no lo suficiente para salir intacto de la contienda. Sin embargo, el daño más grande fue el que yo mismo me causé. Añadiendo veneno a mis reservas de agua potable disminuí considerablemente mi oportunidad de sobrevivir este viaje. Tenía que enfrentar un inconveniente, pero la solución era casi tan dañina como el problema. Es interesante que me hubiera preocupado innecesariamente por los abastos de agua casi desde el momento que zarpé. Pero ahora esto era un problema real. El punto positivo es que al menos logré salir airoso de la primera situación y que había logrado conservar un poco de agua. Con suerte, me durará al menos 3 días más.

El día séptimo fui atacado; el octavo lo pasé inconsciente; desperté en el noveno, en el cual puse todo en orden. Pero mi cuerpo no pudo más y se rindió sin poder escribir nada en esta bitácora. El día décimo ha sido uno de descanso y escritura, tratando de recordar todos los hechos de los pasados días. Estoy tratando de conservar mis energías y recuperarme. Trato de consumir muy poca agua. Pero estoy seguro que eso no es conveniente para el restablecimiento de mi salud.

Bitácora de Viaje de Aurora Novus

Verano, Año 120 del Imperio

Día Undécimo

Mis heridas ya no sangran y parecen comenzar a cicatrizar. Los hematomas, sin embargo, son señales físicas del dolor interno, particularmente en mi rostro y más aún en mi abdomen.

Temprano en la mañana fui a revisar a Charlie, antes que saliera el sol en toda su intensidad. He pasado el resto del día en mi cama reposando, tratando de consumir lo menos posible de mi agua. Mi consumo de alimentos también ha sido muy limitado ya que es muy poco lo que queda abordo y temo que al comer, mi cuerpo requiera aún más agua. Solo he consumido las últimas frutas disponibles que no se han dañado. Espero que sus jugos naturales me ayuden a mantenerme hidratado.

En la tarde me levanté para revisar a Charlie nuevamente. En ese momento vino a mi mente la preocupación de otro posible ataque por alguna otra nave enemiga. No creo que podría defenderme de algo así en mi condición actual, mucho menos si viene algún atacante en venganza por lo sucedido hace unos días. Pensé entonces en los hombres que habían muerto envenenados, que yo había matado…

Saqué toda preocupación de mi mente para enfocarme en la tarea de revisar a Charlie y luego me senté a escribir estas breves líneas. Mi cuerpo continúa exigiéndome agua y descanso.

Bitácora de Viaje de Aurora Novus

Verano, Año 120 del Imperio

Día Duodécimo

Salí a cubierta temprano en la mañana y utilicé mis gafas y mi tele lente para mirar en todas direcciones. Buscaba señales de tierra o quizás de algunas nubes que proveyeran un poco de lluvia. Solo sol y mar y soledad a mi alrededor.

Bitácora de Viaje de Aurora Novus

Verano, Año 120 del Imperio

Día Decimotercero

Consumí las últimas gotas de agua en mi cantimplora a media tarde. Mi cuerpo herido parece rendirse poco a poco. Casi no tengo fuerzas. El día de hoy ha sido el más caluroso de todos. Ninguna esperanza en el horizonte. Esta noche dormiré en cubierta, para tratar de mantenerme refrescado por el aire.

Bitácora de Viaje de Aurora Novus

Verano, Año 120 del Imperio

Día Decimocuarto

En la cubierta, el frío nocturno fue casi tan intolerable como el calor del día. Soñé con fuego, quizás deseando en ese momento un poco de calor. Cuando desperté, recordé el cuarto de calderos, donde se genera la presión de vapor que hace que giren las turbinas. Quizás allí podría conseguir agua para beber.

Baje las escaleras de madera que me llevaban hacia el interior de la nave. Me dirigí hacia la parte trasera, donde se encontraba el cuarto de calderos. Un calor intenso me recibió. Un sistema de tuberías llevaba el agua almacenada hacia donde estaban las llamas. Tanto la cantidad de agua como de carbón y aire que se aplicaba estaba controlado por Charlie, quien recibía toda la información y calculaba lo que hacía falta para que el fuego generara la presión de vapor deseada. Si hacía falta algún componente, Charlie enviaba la información, a través de una serie de cables conectados a su sistema, de vuelta al cuarto para que se abriera la compuerta necesaria.

Tanto el área donde se genera el fuego como el área de donde sale el agua tienen unas compuertas de acceso. Busqué la que daba acceso al agua y noté que la presión estaba muy baja. Tomé un poco en mi mano para saciar mi sed, pero tuve que escupirla, pues tenía un fuerte sabor a metal. Charlie aún no había dado la alerta, pero pronto nuestra presión de vapor disminuiría. De no tener presión de vapor y las turbinas no funcionar, dependeríamos del viento para movernos, o quedaríamos varados. En estos días de viaje, el viento había sido un factor de poca importancia para nuestro avance. Si las condiciones siguen así, podría significar mi muerte en el medio del océano.

Bitácora de Viaje de Aurora Novus

Verano, Año 120 del Imperio

Día Decimosexto

Mi boca reseca, mi cuerpo decaído, mis fuerzas amainaban. Creo que comencé a tener visiones. Podía ver a mis padres, mis hermanos, Damián y su esposa Eva. Podía ver claramente el semblante de mi madre. Su expresión era algo entre tristeza y preocupación. Su rostro fue lo último que vi antes de desmayarme.

Más tarde desperté, gracias a un ruido que llamó mi atención. Charlie había activado uno de sus sensores que a la vez sonaba su alerta. Lentamente me fui levantando del suelo. El dolor y la falta de energía siendo serios detrimentos de mi tarea. Luego de varios minutos de movimientos lentos acompañados de tenues quejidos, llegué al timón para revisar el informe de Charlie. Cada vez que sale una alerta, una maquinaria interna con una impresora lanza un reporte escrito. Es la manera como Charlie me comunica la situación particular que detecta, aparte de los diferentes artefactos en el panel de control. Cuando leí el informe, reportaba que se aproximaba una tormenta. Observé instantáneamente hacia el horizonte y pude verla. Presté un poco de atención y pude distinguir los sonidos de truenos y fuertes vientos. Una vez más, la solución a mis problemas potencialmente contenía nuevos peligros e incertidumbre.

Me compuse lo mejor que pude, tratando de olvidar mis males físicos y enfocándome de pleno en la tarea. Analicé los artefactos y descubrí que la tormenta era inmensa. Sobrevolarla sería imposible, sobre todo con la falta de agua para crear presión de vapor suficiente para dicho asenso. De intentar tomar una dirección hacia el sur, de seguro nos arroparía sin escapatoria. Nuestra única esperanza era tomar un rumbo hacia el norte donde, según mis cálculos, solo nos tocaría las últimas ráfagas al norte de la titánica tormenta. Le di las instrucciones pertinentes a Charlie, y comencé a prepárame para recibir el mal tiempo. Preparé una escotilla especialmente para absorber agua de lluvia y recobrar los abastos máximos para crear el vapor necesario para el funcionamiento de las turbinas. De igual manera, preparé los recipientes de agua potable para mi consumo. Todo lo que pudiese obtener, sería bienvenido. Recogí todas las velas, las cuales en los erráticos vientos de una tormenta representan un gran peligro. Ahora teníamos que sobrevolar solo con el zepelín ayudándonos a mantener altura y las turbinas para ayudarnos en los movimientos. Por un momento había considerado el aterrizar en el mar, pero el oleaje sería un gran enemigo, sobre todo para una tripulación de un autómata y un humano.

Guardé cualquier objeto que pudiese actuar como un proyectil, revisé los sistemas de vuelo nuevamente, proveí un sostén refuerzo a Charlie para evitar que saliera volando y me preparé lo mejor que pude. Me puse un abrigo impermeable diseñado específicamente para la lluvia. Me puse mis gafas, las cuales me permitirían ver a pesar de los fuertes vientos y la lluvia. Sujeté fuertemente una larga soga al mástil central del barco y el otro extremo lo sujeté a mi cintura. La misma me anclaría a la nave y evitaría que me fuese por la borda, pero tenía suficiente longitud para permitir moverme sobre cubierta en caso de que fuese necesario atender una situación.

Unos minutos más tarde comenzó la lluvia y algunas ráfagas de viento. Mi primera reacción fue abrir mi boca mirando hacia el cielo para que las gotas que cayeran, saciaran mi sed. Una vez mis manos estaban suficientemente húmedas, las froté entre sí para limpiarlas. Luego improvisé una copa con mis manos y utilicé el agua que recogieron para lavar mi rostro. Repetí el procedimiento para lavar mis manos nuevamente y luego para beber más agua. Me acerqué a Charlie para verificar lo que detectaban sus sistemas y luego fui a donde estaba colectando el agua para mi consumo. Aún sediento, agarré uno de los recipientes y tomé toda el agua que contenía hasta el momento de un solo trago. Tuve que hacer lo mismo con dos recipientes más para poder calmar mi sed. Permití que la ahora copiosa lluvia llenara bien todos los recipientes, los cerré y los aseguré en mi cabina. Fue en este momento que los vientos comenzaron a abatirnos con mayor intensidad.

Los vientos comenzaron a mover la aeronave de un lado para otro. Las fuertes ráfagas chocaban tanto con el zepelín como con el cuerpo de la nave, causando gran inestabilidad y sacándonos de dirección. La lluvia no solo dificultaba la visibilidad, sino que hacía el suelo un poco resbaladizo. Era una tormenta eléctrica y eso significaba que los rayos también representaban un peligro considerable. El zepelín es mayormente telas y material sintético y el barco mayormente madera. Aun así, había cantidades considerables de metales, la mayor concentración de ellas en el área del timón y la bitácora. El timón en si era una rueda de madera, pero hay muchos otros componentes en metal, incluyendo los diferentes sensores, radares, sistemas de navegación y otros artefactos conectados a Charlie. El autómata en sí es también un conjunto de metales, algunos de poca conductividad eléctrica, pero otros eran excelentes conductores. Si un rayo caía sobre Charlie o alguno de estos componentes, los daños serían catastróficos. Por lo tanto, busqué otra capa para la lluvia y unos cuantos pedazos de telas y materiales sintéticos con los que cubrí a Charlie y todo el sistema de navegación. Tuve que buscar sogas para sujetar todas estas mantas, pues el viento amenazaba con llevárselas volando.

Cuando observé los sistemas de navegación, estábamos completamente fuera de ruta y fuera de control. Los sistemas automáticos no podían resistir los fuertes vientos. Decidí entonces sujetar el timón para tratar de proveer estabilidad. Batallando contra la fuerza del viento tuve que hacer grandes fuerzas y fue en este momento que el dolor me hizo recordar todos mis golpes, particularmente los de mi abdomen.

Continuamos en dirección hacia el noroeste. Según el radar, de continuar en esta dirección la tormenta nos arroparía por completo. Decidí entonces cambiar a una ruta totalmente hacia el norte, para poder salir del alcance de las violentas ráfagas. Justo antes de hacer el viraje, un fuerte viento nos volteó casi 90 grados. No pude sujetarme del timón, por lo que comencé a caer. La soga me sostuvo al mástil y a la nave, pero obviamente agravó mi dolor. Cuando la nave casi se estabilizó grité la instrucción a Charlie de nuestro nuevo rumbo.

Lentamente traté de ponerme en pie. Casi arrastrándome llegué al timón. Afortunadamente Charlie no se había salido de su silla pues lo había sujetado bien y ya había activado las turbinas con el cambio de ruta. Con algo de dificultad me aferré al timón tratando de proveer mayor estabilidad.

Pasaron aproximadamente dos horas en lo que salimos del alcance de los fuertes vientos, aunque aún continuaba lloviendo. Fue en ese momento que divisé un faro en la distancia. Ya la noche había caído y entre eso y la lluvia, no podía divisar tierra. Pero podía ver la claridad del faro encendido.

Cuando nos aproximamos al faro fue que pude notar que no había tierra alrededor. Era solo un arrecife rocoso sobre el cual se erigía la gran torre. No había ningún muelle en la peñascosa costa, ninguna manera de hacer un acercamiento marítimo. En la parte superior del faro había un hombre haciéndome señas. A cierta distancia lancé el ancla que nos sujetaría del fondo del mar por el lado de babor. Por estribor lancé una cadena casi la mitad de gruesa que la del ancla pero igual de resistente. La misma cayó en el tope del faro, donde el hombre la tomó y la sujetó a unos ganchos de hierro, anclándonos de la azotea del faro. Luego lancé una gruesa soga con muchos nudos que servían como escalones. Cuando el hombre la tensó, comencé a descender por ella como si fuese una especie de escalera. Bajamos unas escaleras que nos llevaron a un balcón que recorría toda la circunferencia de la luz del faro. El balcón tenía una pequeña escotilla que descendía a una entrada al faro. Una vez entramos, me ayudó a sentarme y buscó dos frisas secas, una para él y una para mí.

El hombre sirvió dos tazas de té que aparentemente había hecho hace poco, pues aún estaba caliente. Mientras tomaba la suya, movía el contenido de un caldero de metal, algún tipo de asopado. Quería decirle algo a este hombre, pero mi condición física estaba tan deteriorada que hasta la palabra "gracias" se me hacía difícil pronunciar. Cuando lo logré decir, el hombre solo me respondió "calla y toma tu té".

Por su dialecto pude identificar que provenía del mismo lugar que mi amigo Damián, de Britannia del Sur. El hombre era de menor estatura que yo, casi tan flaco y poco musculoso. Tenía una gran barba desarreglada y su pelo negro, pero teñido de blanco por todos lados, estaba en una condición similar. Su ropa era humilde. Aparte de estar empapado por la lluvia, su rostro y manos tenían marcas de mucho trabajo y poco aseo. Cuando me sirvió la sopa, poco me importó su apariencia y falta de pulcritud, pues mi apetito excedía cualquier nivel de hambre que había sentido antes. Además, yo estaba en una condición probablemente peor que la del extraño que me había acogido.

El té y la sopa aliviaron mi frío y apetito. El extraño, luego de que los dos comimos, me dijo: "es hora de descansar". Me proveyó una muda de ropa seca, una sabana y un colchón y se retiró a lo que imagino era su alcoba. Me quité mi ropa húmeda, me sequé como mejor pude, me puse la ropa seca y me acosté a dormir.

Al amanecer el hombre salió de su habitación y comenzó a preparar desayuno. El ruido me hizo despertar, pero cuando me fui a levantar de mi caucho el hombre me dijo que me quedara acostado y descansara en lo que él preparaba el desayuno. Comencé a hablar para preguntarle al hombre su nombre pero él me interrumpió y dijo "calla y descansa", y continuó preparando el desayuno.

Dormité acostado un rato más. Cuando el desayuno estuvo listo, el hombre me despertó. Me ayudó a sentarme y colocó frente a mí una pequeña mesa con un trozo de pan recién horneado, jalea hecha con frutas, media toronja y un poco de té. Él se sentó en una mesa similar a la mía, no del todo distante y comenzó a comer. Entonces tomé el pan en mis manos, le puse un poco de jalea y lo consumí rápidamente. Mi estomago rugía del hambre y yo consumía mi comida rápidamente para apaciguarlo. Tomé un poco del preciado líquido caliente, me comí mi toronja con una pequeña cuchara y terminé lo último de mi té en pocos minutos. El hombre saboreaba aún los últimos pedazos de pan con jalea y le restaba aún su toronja y el té.

Mientras el hombre comía su toronja le dije: "gracias por ayudarme". Pero él no respondió nada. "El desayuno estaba delicioso", le dije tentativamente. Ninguna respuesta. "Mi nombre es…" y en ese momento me interrumpió bruscamente: "Calla, calla… ojos, ojos y oídos... oídos por todos lados", me dijo con gran ansiedad en su voz.

Me pareció muy extraña su respuesta. ¿Ojos? ¿Oídos? ¿A qué o a quién se podría referir? Este hombre me había recibido en su casa, me dio techo, cama, ropa seca y limpia, comida y bebida. Pero no quería decir nada ni que yo dijera nada. Temía a algo. Pero aunque no lo pudiese entender, debía respetar su decisión de mantener el silencio.

Luego del desayuno, el hombre me ayudó a cambiarme las vendas. La lluvia había aplacado, lo que me dio oportunidad de subir a la nave y comenzar a escribir estas líneas. Es la segunda vez en mi viaje que no puedo completar la bitácora el mismo día de los sucesos.

Aurora Novus estaba en muy buenas condiciones a pesar de los azotes del viento. Fuimos sumamente agraciados. A bordo de ella puedo ahora apreciar muy bien el faro y la pequeña isla en la que me encuentro. Es un pequeño islote, sumamente rocoso en toda la costa. No hay playa ni puerto, por lo que parece que la única manera segura de acercarse es por vía aérea. Gran parte del terreno es ocupado por el faro, construido en ladrillos y con una altura de unos 70 pies. Un pequeño terreno con yerba fresca sirve para alimentar a una solitaria vaca (aunque también hay en el área dos o tres gallinas) y protegido por un cercado de madera hay otra pequeña expansión de terreno con un pequeño huerto. No puedo distinguir a simple vista que hay sembrado, pero es obvio que es muy poco lo que hay. Lo suficiente para alimentar a un hombre.

Mi anfitrión vivía solo allí. Estaba a cargo del mantenimiento y funcionamiento del faro. Había hecho del mismo casi un hogar. Desconozco hace cuanto tiempo estaba allí, viviendo en soledad. Pero me atrevería a adivinar que por mucho tiempo; quizás años o décadas. Quizás lleva muchos años en silencio y por eso no quiere hablar. Quizás está acostumbrado al silencio. Pero, ¿tendrá algún tipo de comunicación con alguien? ¿No tendrá interés por lo que pase en otras partes del mundo? ¿Tendrá familia en algún lugar? Quería entender a este hombre, quizás ayudarlo si estaba en mi poder hacerlo. Pero este hombre prefería guardar silencio. No entiendo las circunstancias de su estado actual ni las repercusiones de su contacto conmigo. Debo entonces, por su bien y el mío, partir lo antes posible.

Los abastos de agua en el barco estaban nuevamente repletos. Aún tengo algo de harina y puedo pescar en alta mar para obtener el alimento necesario. Estamos completamente fuera de ruta, pero ya le di las instrucciones a Charlie de recalcular para llegar a nuestro destino original. Al parecer, las condiciones climatológicas en el área parecen estabilizarse, aunque ahora hay un poco de viento; quizás lo podemos utilizar a nuestro favor. También decidí que era el momento de utilizar mis raciones de piedra filosofal para avanzar en el vuelo.

En el momento que iba a bajar a agradecer y despedirme del hombre, el subió a la nave. Traía consigo una funda de cuero cruzada del hombro derecho al costado izquierdo. Se lo quitó, me lo entregó y me dijo: "No es mucho, pero espero te ayude en tu viaje. Dirígete hacia el norte. No vayas al sur." Cuando le iba a preguntar por qué, ya él había dado la vuelta y había comenzado a descender de la nave. Revisé la funda de cuero, y la misma tenía algunas frutas y verduras y unos trozos de carne frescos.

Cuando llegó al tope del faro, comenzó a soltar la cadena y soga que nos sujetaba al tope. Activé los sistemas de retracción del ancla marítima y comencé a subir la cadena que nos anclaba a la torre. Una vez terminado este proceso y libre para volar, levanté mi mano en gesto de despedida hacia el misterioso hombre. Ignorando su recomendación, nos dirigimos hacia Britannia del Sur.

Bitácora de Viaje de Aurora Novus

Verano, Año 120 del Imperio

Día Decimoséptimo

Mis heridas comienzan a sanar. El dolor ha disminuido un poco. El descanso me ha venido bien. Mi preocupación por los abastos de agua y por mis raciones de alimento han quedado aliviadas por el momento y con suerte por el resto del viaje. El clima es soleado nuevamente, aunque un poco más fresco y ventoso, lo cual es positivo. He completado una buena revisión de los sistemas de navegación y de mi compañero autómata y todo fluye en normalidad. Desde anoche navegamos utilizando la piedra filosofal junto al carbón y otros elementos para crear un fuego más intenso. Este fuego con un abasto completo de agua significa mayor presión de vapor y por lo tanto, mayor velocidad en nuestro vuelo.

Orientados en una dirección hacia el sureste, nuestro avance es rápido y constante. Nuevamente dirijo mi atención a los estudios en el tiempo libre.

Bitácora de Viaje de Aurora Novus

Verano, Año 120 del Imperio

Día Decimoctavo

Aunque todo marcha bien con el vuelo y mi cuerpo comienza a sanar, aunque lentamente, anoche fue horrible. Pesadillas de los hombres que me torturaron me agobiaron toda la noche. Es como si quisieran salir de sus tumbas marítimas para continuar mi tormento. Desperté en varias ocasiones empapado en sudor frío, mi boca reseca, mi corazón agitado y mi pecho como si quisiese estallar.

Mis sueños de ultratumba fueron solo el comienzo de mi martirio. Mi mente ha estado divagando todo el día, reflexionando sobre mis seres queridos. ¿Entenderían ellos la desesperación de mi acción al envenenar a esos hombres? ¿Lo verían como defensa justa o como asesinato a sangre fría?

Bitácora de Viaje de Aurora Novus

Verano, Año 120 del Imperio

Día Decimonoveno

Anoche, más pesadillas. Pensé que un té que tomé antes de acostarme me ayudaría a relajarme. Pero los horrores son más fuertes. Esto me llevó a pensar en el cuidador del faro. ¿Qué llevó a este hombre a lo que asumo es locura? ¿Es sólo un efecto de su soledad? ¿O algo le ocurrió para llevarlo a este punto? Quizás su soledad es sólo un resultado de lo que lo llevó a la demencia y no una causa.

Nunca me había sentido más solo que en este momento. Desearía que Charlie fuera de carne y hueso, que pudiese escuchar y hablar; sobretodo, que tuviese corazón.

Bitácora de Viaje de Aurora Novus

Verano, Año 120 del Imperio

Día Vigésimo

Por tercera noche consecutiva he estado atormentado por los sucesos de los pasados días. Mis padres me dieron amor y buenas enseñanzas. Trataron de brindarme la mejor vida que me podían dar. Pero por mi poca experiencia, creo que el mundo está muy lejos de ser perfecto. Trabajando con Damián en su taller y antes de eso, en la pesca y en el mercado, enfrenté retos los cuales tuve que superar; trabajos que parecían imposibles pero que tenía que completar. En este viaje he enfrentado retos aún mayores que han puesto mi vida en peligro, e inclusive le ha costado la vida a otros. No ha sido mi intensión, pero son los retos que me han presentado en el camino y he utilizado las herramientas a mi alcance para sobrevivir y continuar adelante.

Tendré que resignarme a vivir con estas muertes en mi conciencia. Las pesadillas serán mi castigo y quizás ellas me ayuden a encontrar otras alternativas si una situación similar se presenta. No puedo sacar de mi mente este pesar, porque sería como negar el valor de una vida. Pero debo seguir adelante y debo tratar de compensar con bien el daño que he hecho.

Resignado entonces a mi destino, decido que es momento de prepararme para el próximo paso. Mis estudios han sido abandonados por muchos días y el tiempo se acorta según continuamos el viaje a mayor propulsión de vapor. Charlie me indica a través de sus sistemas que solo nos restan unos días de viaje. A pesar de nuestro desvió inesperado y nuestros atrasos desafortunados, el realizar nuestro último tramo de viaje utilizando los abastos de piedra filosofal para incrementar la velocidad de las turbinas ha sido sumamente beneficioso. Mi sed de conocimiento se intensifica y me pregunto cuál de los libros debo estudiar.

Bitácora de Viaje de Aurora Novus

Verano, Año 120 del Imperio

Día Vigesimoprimero

Otra noche infernal me llevó a desvelarme. Decidí entonces apaciguar mi mente con estudios y lectura. Quizás de esta manera podía recuperar parte del tiempo de estudio perdido y desviar mis pensamientos a cosas positivas. En esta ocasión seleccioné un libro que aún ni siquiera había ojeado. El amplio tomo tenía por título "Breve Historia de Britannia y Sobre un Futuro por Venir". Según mi primera inspección del libro, el mismo es de la autoría de varios colaboradores, pero la autora principal era Britannia III.

Britannia III fue la tercera persona en reinar el Imperio de Britannia, y la segunda mujer en ocupar la posición de poder más alta en Atlas Centri. Britannia I, su abuela, fue la primera emperatriz. Su esposo, el rey Carlos, había logrado unificar tres de los antiguos clanes de lo que hoy día se conoce como Britannia del Sur. Esta unificación de clanes trajo un cambio en jerarquía y Carlos ascendió al trono como el primer rey. Su visión era unificar todos los clanes bajo un solo banderín y con respeto mutuo colaborar para desarrollar una gran Nación. Llamó a su reino "Britannia", en honor a su esposa.

Cuando Britannia I tenía 6 meses de embarazo, el rey sucumbió a una fuerte fiebre. El heredero natural no había nacido y no podría reinar por mucho tiempo, así que Britannia I subió al trono. Muchos especularon que Britannia había envenenado a su esposo, pero la evidencia apunta a que Britannia amaba a Carlos y que el rey fue víctima de una enfermedad que atacó a muchos más en el reino.

Que una mujer ascendiera al trono era de por sí algo que nadie esperaba, mucho menos que se tratara de una mujer joven y embarazada. Pero cómo reinó fue la verdadera sorpresa. Britannia era una mujer seria y fuerte de carácter, por lo que no le temía a nadie. Carlos siempre la trató como su igual, por lo que nunca tuvo complejo de inferioridad y, más aún, se sentía digna del trono. Era descrita por quienes la conocían como una mujer brillante, carismática, convincente, astuta. Adicional a esto tenía conocimientos del manejo apropiado de una espada y sabía cómo disparar un rifle o pistola de pólvora, las armas comunes de la época. Era respetada y en muchos casos admirada por los nobles que componían la corte del Rey difunto y por los soldados más allegados al Rey. Sobre todo, era querida por el pueblo ya que siempre abogó tanto por ricos como pobres ante el Rey. Un muy reducido número de nobles trató de hacerle frente para destronarla, pero ella defendió su posición con coraje y aun estando embarazada, mató a espada a dos de los traidores. Los demás, por miedo, desistieron de cualquier acto de rebeldía.

Antes de que su hija, Britannia II, única heredera de sangre de Carlos, cumpliera un año de nacida, Britannia I logró anexar al reino tres clanes adicionales y mantuvo intactas las alianzas realizadas por su fenecido esposo. A penas cuatro clanes quedaban independientes. Ninguno de ellos estaba dispuesto a ser sometido al poder de una mujer. Britannia trató de realizar alianzas y cuando eso falló, trató de hacer acuerdos de paz. Pero estos clanes no la respetaban a ella y por lo tanto no respetaban los pactos. Por meses atacaron en las noches, robando y destruyendo, secuestrando niños y violando mujeres. Britannia decidió que era necesario entonces conquistarlos por la fuerza y someterlos a su dominio. Las batallas duraron unas cuantas semanas. Los que no murieron tomaron embarcaciones y escaparon a lo que hoy día conocemos como Britannia del Norte, en aquellos momentos conocido como Porto Liberte.

Britannia I entonces declaró oficialmente la isla archipiélago como el territorio del Imperio de Britannia. Es aquí donde comienza el calendario del Imperio. En sus años como emperatriz se construyeron palacios, castillos militares, templos, puentes. Se fundaron las primeras escuelas, hospitales y casi al fin de su reinado, la Universidad Imperial. En ella se comenzaron los estudios de posibles fuentes de energía y se comenzó a trabajar con la alquimia no como un método mágico, sino como un método científico.

Leyendo todas estas cosas se me fue no solo el resto de la noche, sino también la mañana completa y parte de la tarde. Me detuve para comer algo y revisar que nuestra navegación marchara sin mayores dificultades.

Bitácora de Viaje de Aurora Novus

Verano, Año 120 del Imperio

Día Vigesimosegundo

A pesar de nuestros numerosos y desafortunados retrasos, los cálculos de Charlie me indican que debemos estar llegando a territorio del Imperio en tan solo dos o tres días más. La piedra filosofal está cumpliendo su propósito de aligerar nuestro avance considerablemente. La nave quedó en buenas condiciones después de todo el trabajo que hicimos con ella y Charlie ha sido un eficiente piloto.

Debo admitir que me siento muy afortunado, porque realmente no estaba bien preparado para este viaje. Sin embargo, he podido superar las pruebas que me han presentado y el conocimiento que he adquirido en estos días es incalculable. Esa línea de pensamiento fue la que me llevó a retomar mi lectura el día de hoy.

Hoy leí sobre Britannia II. Resulta que la hija de la emperatriz y el perecido Rey Carlos, nunca pudo asumir el trono. Aparentemente sufría de algún nivel de retraso mental. Algunos tienen la teoría que fue el resultado de un embarazo estresante y de mayor actividad física de lo recomendado por cualquier médico.

Britannia II era descrita como una joven muy guapa, mucho más delicada que su madre. Nunca fue buena en los estudios y su capacidad de razonamiento era un tanto limitada. Era una chica dulce y sociable, aunque muy ingenua. Gustaba de las fiestas y actividades sociales del reino, pero no de las tareas administrativas. Por estas y otras razones su madre nunca le cedió su corona. Sin embargo, sabía que necesitaba un sucesor, por lo que buscó un joven para que se casara con su hija y les diera un heredero. El joven noble que fue escogido mostraba mayor interés por las fiestas, el dinero y el estatus que su unión a la corona le brindaban, pero poca ambición en el mundo de la política.

Los dos jóvenes se casaron y él aprovechó la belleza e ingenuidad de su esposa. Casi inmediatamente ella quedó embarazada. Se rumora que cuando ella comenzó a perder su figura esbelta, su esposo comenzó a tener relaciones fuera del matrimonio y tuvo varios hijos que nunca reconoció. Britannia II tuvo un embarazo saludable y fue asistida por su propia madre y por la niñera que había cuidado de ella cuando Britannia I comenzó su reinado. Tuvo una niña, a quien llamaron Britannia III.

Britannia III fue cuidada por su madre con asistencia de la niñera, pero su abuela siempre estaba al pendiente de ella. Desde los cinco años, Britannia III pasaba casi todo el día con su abuela observándola y aprendiendo de ella.

Britannia I muere en el año 33 del Imperio, teniendo ella 55 años de edad, su hija 33 y su nieta 15. El esposo de Britannia II asume el trono y el Imperio cae en un caos. Muchos nobles no reconocían la autoridad del nuevo emperador. Algunos deseaban ascender al trono, otros que Britannia II asumiera el poder y así poderla controlar.

Britannia III había crecido fuerte en cuerpo, espíritu e inteligencia como su abuela y sabía de la constante infidelidad de su padre. Para una niña inteligente era fácil comprender los rumores que se escuchaban tras las puertas del palacio e inclusive en las calles. Ella no consideraba a su padre digno de estar casado con una mujer tan buena e inocente como su madre, mucho menos digno de reinar. Aun así, Aurelio I asumió el trono con el apoyo de su esposa, quien lo amaba ciegamente.

El Emperador envió a su hija a un Colegio, con el pretexto de que recibiera una buena educación y así estuviese preparada para asumir el trono en su momento. Pero su plan era mantenerla alejada del Palacio, tener otra criatura con Britannia II, y una vez naciera su nuevo heredero, el cual él pudiese moldear a su manera, asesinaría a su propia hija.

El Colegio que recibió a la futura Emperatriz era leal a su abuela y la educaron acorde. Cuando Britannia III regresa al Palacio, encuentra que su madre ha sido ultrajada una y otra vez por el Emperador, tratando de que le diera hijos. Ella no pudo quedar embarazada de nuevo y el deseo de Aurelio no se cumplió. En su ira por todo lo que había hecho su padre, Britannia III envenenó su comida y fue así como ella asumió el trono después de un corto y trágico reinado de su padre.

En los 62 años que reinó Britannia III se lograron grandes avances en el Imperio. La incorporación de Britannia del Norte al Imperio; la alianza con los alquimistas para desarrollar las ciencias; las construcciones de nueva maquinaria propulsada por vapor; nuevos conocimientos adquiridos y el comienzo de extracción de la tierra de los abastos de piedra filosofal; los avances en arquitectura, arte, música, filosofía, sistemas de transportación y básicamente un avance gigantesco en todos los aspectos de la sociedad. La historia es mucho más compleja, pero estos detalles son la base de la historia de un pueblo.

Aún hay mucho más que deseo saber. Mis estudios en ciencias, lenguas y dialectos, cultura e historia han sido productivos. ¡Pero cuanto más queda por aprender!

Bitácora de Viaje de Aurora Novus

Verano, Año 120 del Imperio

Día Vigesimotercero

Esta mañana desperté después de mis ya tradicionales sueños atormentados. Dormí unas tres horas, interrumpidas por constantes visiones de espeluznantes. Luego de hacer mis revisiones rutinarias me preparé un poco de té. No tenía hambre así que decidí tomarlo en cubierta, aprovechando el fresco de la mañana y los vientos que generaban la velocidad de nuestro avance. En la tranquilidad del amanecer, mis pensamientos regresaron una vez más a mi hogar, mi familia, mis seres queridos.

Pensé cuanto los extrañaba. Sobretodo pensé en las buenas enseñanzas que obtuve. Espero que todos ellos sepan cuanto aprecio lo que me enseñaron. Más aún, cuanto aprecio el amor que me brindaron. Espero verlos nuevamente algún día.

En ese momento Charlie sonó la alerta. Según sus radares, llegaríamos a tierra en sólo unas horas. Era momento de prepararnos. Me aseé y me puse nuevamente mi mejor vestimenta, la que había confeccionado mi madre para mí. Tenía conmigo el lirio metálico que me había regalado Damián y la pequeña funda con unos pocos pedazos de piedra filosofal que había conservado. Me puse mis gafas con el tele lente y al mirar al horizonte, podía ver pequeñas figuras flotando en el aire y moviéndose en toda dirección posible. De seguro eran aeronaves.

Según nos acercábamos, podía observar todo con mayor claridad. Las aeronaves eran de diversos tamaños, formas y estilos. La gran mayoría eran más grandes que la mía, aunque algunas eran iguales o más pequeñas. Naves de diversos colores, con banderines variados que las identificaban. Había naves de mercado y transporte de bienes, de transporte de pasajeros, naves de vigilancia y naves de guerra.

Cuando al fin pude divisar tierra, noté que era una gran expansión, aunque la misma parecía tener muchos canales acuáticos que dividían el terreno. Grandes puentes conectaban una isla con la otra. Cientos de locomotoras, similares pero mejor desarrolladas a la que Damián y yo habíamos construido en casa recorrían toda la expansión, inclusive cruzando los puentes para llegar a las islas adyacentes. Grandes estructuras componían la gran ciudad. Sobre ellas se elevaba una gran torre con dos pilares; o quizás eran dos torres independientes unidas por un puente. Ninguna estructura sobresalía más.

Mi viaje casi concluía, pero mi aventura apenas comenzaba.

En mi acercamiento a tierra, dos naves me interceptaron y me pidieron que las acompañara. Las mismas estaban identificadas con el logo oficial del Imperio. Escoltado por las mismas, escribo estas últimas palabras como evidencia de los acontecimientos de mi viaje hasta mi llegada a Britannia del Sur.

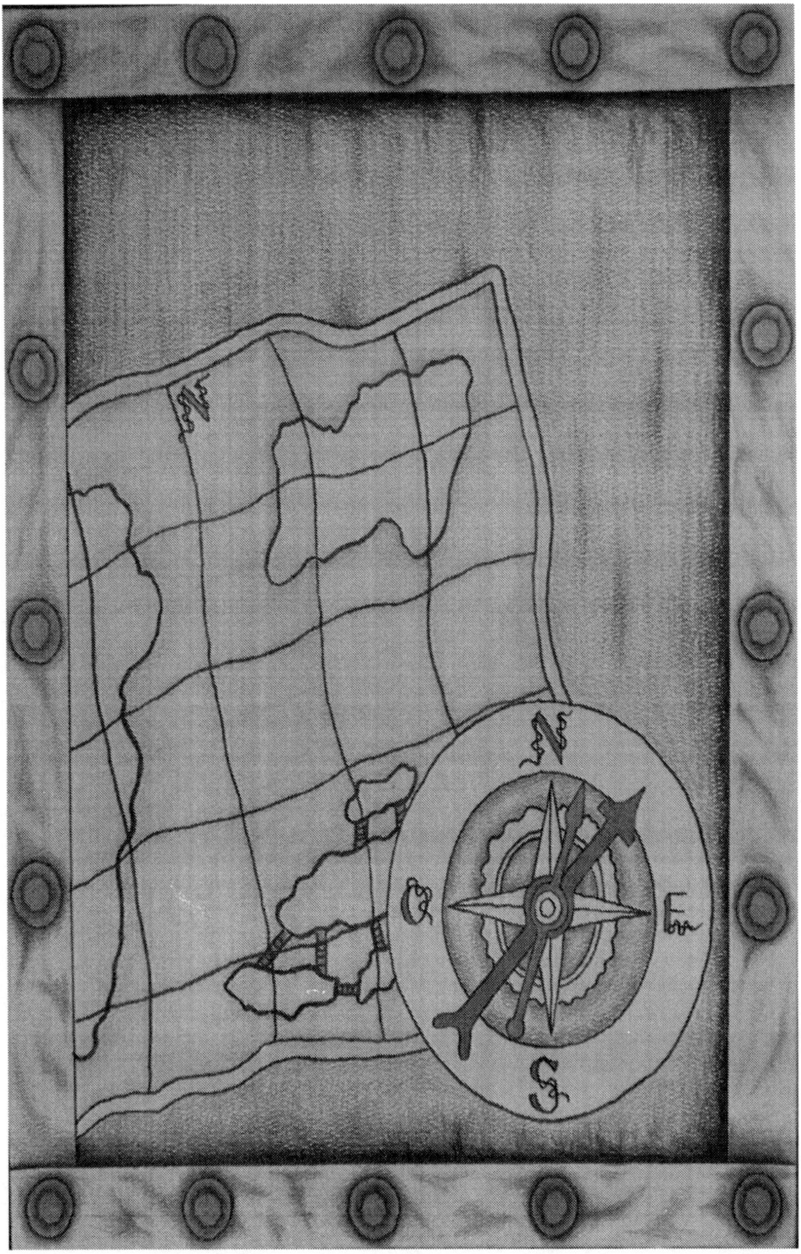
N
N
E
S

Compás

Por Nilda Rosario Planas

A todo vapor va

La máquina

de la inexistencia

aquella que recoge

los vestigios del tiempo

en la memoria.

La que susurra

El compás del tiempo

Dando indicios

De una vida utópica

Despide un tiempo sereno

Vierte su aliento

Cual péndulo

Que marca el tiempo.

Sobre los Autores

Nilda Rosario Planas es una artista ponceña, nacida en Mayagüez. Se desempeña como Maestra de Artes Visuales. Posee maestría en el área de educación, además de créditos a nivel de maestría en el área de arte. Actualmente se encuentra finalizando un Doctorado en Educación con concentración en Currículo y Enseñanza encaminado a la educación artística. Ha expuesto en diversos puntos de Puerto Rico como San Juan, Arecibo, Mayagüez y Ponce, así como en México y Massachusetts, Estados Unidos.

AJR Planas nació en Ponce, Puerto Rico. Comunicador de profesión que en su tiempo libre se dedica a escribir relatos, poesía y canciones. Es creador de la serie Steampunk "*Atlas Centri*", en la cual colabora con su hermana, Nilda Rosario Planas. El libro "*Atlas Centri: Sobre Comienzos Fortuitos*", es el primero de esta serie. Todo el contenido es de temática Steampunk e inspirado en el mundo de Atlas Centri.

Agradecimientos

Nilda Rosario Planas

A María Limery, Olga Pagan, Glorimar Irizarry y José Ruiz por ser mis segundos ojos. A Julio Troche por ser apoyo, critico, ayudante y por embarcarse en esta aventura hacia Atlas Centri. A nuestra familia, en especial a mami Nilda, por creer a ciegas en nuestro proyecto y ser parte de Atlas Centri. A Dios quien ha brindado los talentos para poder llevarles a ustedes a este nuevo mundo de grandes aventuras.

AJR Planas

Agradezco a mis padres por su amor, comprensión, apoyo incondicional y educación. A mis hermanas, mis sobrinos y mis amigos por hacer mi vida más interesante y completa. A Julio por su asistencia tecnológica y disposición con el proyecto. A Nilda Rosario Planas por ser una entusiasta colaboradora y añadir belleza lírica y gráfica a este libro. A Dios, por la vida y el amor.